의원강호

기공흑마 신무협 장편소설

ORIENTAL FANTASY STORY & ADVENTURE

dream
books
드림북스

의원강호 13

초판 1쇄 인쇄 / 2016년 8월 22일
초판 1쇄 발행 / 2016년 9월 2일

지은이 / 기공흑마

발행인 / 오영배
책임편집 / 편집부
펴낸 곳 / (주)삼양출판사 · 드림북스

주소 / 서울시 강북구 도봉로 173
대표 전화 / 02-980-2112 팩스 / 02-983-0660
편집부 전화 / 02-980-2116 팩스 / 02-983-8201
블로그 / blog.naver.com/dreambookss

등록번호 / 제9-00046호
등록일자 / 1999년 3월 11일

ⓒ 기공흑마, 2016

값 8,000원

ISBN 979-11-313-0677-2 (04810) / 979-11-313-0216-3 (세트)

* 지은이와 협의하에 인지는 생략합니다.
* 잘못된 책은 구입한 곳에서 바꾸어 드립니다.

이 도서의 국립중앙도서관 출판시도서목록(CIP)은 서지정보유통·지원시스템홈페이지
(http://seoji.nl.go.kr)와 국가자료공동목록시스템(http://www.nl.go.kr/kolisnet)에서
이용하실 수 있습니다. (CIP제어번호: 2016019894)

의원강호

기공흑마 신무협 장편소설

13

ORIENTAL FANTASYSTORY & ADVENTURE

dream
books
드림북스

목차

第一章
생명이란

당기재의 표정은 진지했다.

그가 묻는 건 자신의 책임을 운현에게 떠넘기려 함이 아니었다.

오히려 같이 해결을 하려 하기 위한 것이었다.

그걸 알기에 운현은 자신이 생각한 바를 차분히 말했다.

당기재가 잊은 것.

가문의 일에 정신이 팔려 당장 그가 생각하지 못하는 것에 대한 답이기도 했다.

"해야 할 일은 많으나, 당장 급한 건 정해져 있지 않습니까?"

"……그렇구려."

"첫 걸음부터 걸어야 다음 걸음을 걷겠지요. 그러니 도와 주실 수 있으시겠습니까?"

운현의 말에 당기재가 고민을 한다.

그리곤 걱정하듯 묻는다.

운현을 돕는 건 좋다.

허나 그가 하는 독공이란 섯도 하나의 분야다. 아무 데서 나 할 수 있을 거라고는 말하기 힘들었다.

준비가 필요한 게 사실이다. 어쩔 수 없는 일이기도 했다.

"돕고 싶은 마음은 굴뚝같소. 문제는 여기에 준비가 돼 있 소? 이거 내가 지금부터 준비를 하려 해도……."

"완벽하지는 않지만, 조금은 되어 있습니다."

운현이 서둘러 움직이려는 그의 말을 막고는 끼어들었다. 그리곤 확답해 준다.

"그럼 됐소. 허나 언제나 완벽하기만 할 수는 없는 일이 지. 나도 나름 준비를 할 터이니……."

"나머지는 제가 맡죠. 많이 준비하실 것도 없습니다. 꽤 놀라실 겁니다."

비장의 무기.

운현이 준비한 것들 중에는 분명 당기재가 놀랄 만한 것 들이 꽤 됐다.

그러니 운현의 표정이 꽤 자신만만했다.

그러나 그런 운현의 표정을 보고서도 당기재는 자조 어린 표정을 지을 뿐이었다.

"후후, 평상시라면 신기해했으련만, 지금은 상황이 좋지 못하니 그도 안 되는군."

"이 일이 다 해결되면 그때는 괜찮아지겠지요. 그럼 먼저 움직이도록 하겠습니다."

"부탁하지."

운현. 조력자를 얻었고, 그 조력자와 함께 걷기 시작했다.

＊　　　＊　　　＊

다음 마을로 이동.

그곳도 역병의 환자들이 넘쳐났다. 죽을 자들은 이미 죽은 지 오래지만, 살아서 고통을 받고 있는 자들이 꽤 많았다.

삶의 치열한 광경이었달까.

이제는 운현이나, 다른 의원들로서는 익숙해져 가는 광경이지만, 한편으로는 익숙해지는 게 서글퍼지는 장면이기도 했다.

그만큼 처참했다.

그런 가운데에서도 그동안의 경험이 빛이 나는 건가.

운현이 달리 말이 없어도 의방의 사람들은 바삐 손을 놀리고 자신들의 할 일을 알아서 찾아 나섰다.

"호오."

그 모습이 퍽 효율적이었던지라, 자신도 모르게 그 장면을 바라보는 당기재로서는 감탄성을 내뱉을 정도였다.

그는 전 마을에서 치료의 과정을 보았어도 준비의 과정은 보지 못한 터.

이번에 준비를 하는 걸 처음 보았으니, 그가 그리 감탄을 하는 것도 이상한 일은 아니었다.

그런 감탄조차도 익숙한 듯 의명 의방 의원들을 필두로 해서 의원들은 환자를 찾아 나서고, 또 준비를 한다.

무사들은 삼삼오오 떨어져서 처참하다 싶은 환자들을 알아서 이송해 낸다.

운현? 운현도 가만있을 리가 없지 않은가.

'위급 환자는 거의 없긴 하군. 좋지는 않은 일이야.'

기감을 살려서 위기에 빠져 있는 환자들부터 찾아 나섰다.

당장 숨이 넘어갈 거 같은 사람들. 기혈이 꼬이다 못해서 엉켜버린 자들. 그런 자들이 운현이 기감으로 찾는 대상이었다.

좋은 건지 나쁜 건지, 역병이 휩쓴 지 오래된 이곳은 모순 되게도 급한 환자는 몇 없었다.

운현이 나설 것도 없이 순식간에 다른 무사들이 데려올 수 있을 만큼 많지 않았다.

이미 역병이 휩쓸고 지나간 터라 약한 자들은 다 죽어버린 탓이다.

조금 더 빨리 왔으면 좋았겠지만, 운현이 시간을 당겨서 움직일 수 있는 것도 아니지 않는가.

'여기서부터가 최선이지.'

더 절망할 것도 없이, 이제부터라도 치료를 하면 역병을 물리칠 수 있다는 희망으로 움직였다.

운현과 모두가 바삐 움직이니 반나절도 되지 않아 임시 치료실에, 머물 곳이 만들어진다. 환자가 모이고, 치료가 시작된다.

일사불란 그 자체의 모습이었다.

아주 급한 환자들을 모두 처리하고. 이제는 그럭저럭 의방 사람들도 시간이 걸릴지라도 치료할 수 있을 만한 사람들이 남는다.

평소라면 운현은 자신의 기를 이용해서 모두를 치료하는 데만 몰두했을 거다.

분명 평소라면 그리했다.

하지만 지금은 평소가 아니었다.

역병을 평소의 모습이라 할 수 있겠느냐만은, 당기재가 왔으니 어쨌든 달라진 바가 있었다.

미리 이야기를 한 것이 있기 때문이다.

그렇기에 운현은 역병의 치료에서 반쯤은 손을 떼었다.

대신 자신이 데려온 의원들에게 부탁을 했을 뿐이었다.

"여기서부터 부탁드립니다."

"여부가 있겠습니까. 잘해 낼 것입니다."

"그래도 급한 환자들은 꼭 보내도록 하세요."

"그럼요. 그럼 신의님도 힘을 내시기를!"

"그럼 잘 부탁드립니다."

"염려 놓으시지요."

급한 이들을 제외하고 대부분의 환자들은 의방 사람들이 치료하도록 만들었다.

운현의 성미에 맞지는 않는 일, 전에 없던 일이지만 그리 맡겨 났다.

운현이 치료보다도 급할 수 있는 일을 하기 때문이다.

아니 멀리 보자면 이 또한 치료 때문이라고 할 수 있으니 모두가 이해를 했다.

영철마저도.

"필요한 것이 있다면 언제나 말하게나."

"여부가 있겠습니까."

당장 운현이 이끄는 자들의 역병 치료 속도가 늦어질 수 있음을 아는데도 막지를 않지 않는가.

되레 눈치껏 응원을 해 준다.

크게 봐서는 운현이 하는 일이 지금 당장에 꼭 필요한 일임을 알고 있기 때문이다.

해서 운현도 마음에 거리낌이라고는 하나 없었다.

당당한 걸음걸이로 환자들이 있는 환자실 옆에 하나의 천막을 차지했다.

그러곤 자신과 손발이 맞는다 할 수 있는 삼권호를 필두로 몇몇 무사들에게 부탁을 했다.

"설치 좀 부탁드려도 되겠습니까. 일단 펼쳐 주시기만 하면 됩니다."

"허흠…… 알겠습니다!"

삼권호를 필두로 해서 장인 한춘석이 만들어 줬던 '그것'을 꺼내어 든다.

운현이 이곳에 오기도 전에 만들어 놨던 거다.

역병 때문에 출발을 할 때에 만든 것이 아니고, 한춘석을 의방에 들이고 나서부터 만든 기구들 중에 하나.

냉장고만큼 획기적인 것은 아니지만 지금 당장에는 그 무엇보다 효능이 있을 물건이었다.

'이동식 연구실이라 해야 하나. 거창하긴 한데.'

기본은 다른 곳에 치는 막사와도 같다.

중요한 건 그 안의 기구들.

한춘석이 세밀하게 깎아 만든 상자에 곱게 들어가 있는 것들은, 전부 운현이 평소 약재를 연구할 때 쓰는 것들이다.

그와 함께 붙어 있는 냉장고 안에는 쉬이 약효가 상할 수 있는 것들을 한빙석과 함께 냉동 보관까지 한 것들이 들어 있었다.

이걸로 끝이 아니었다.

미리 만들어 놨던 기구만으로 만족을 할 거였더라면, 운현이 이곳에 오기 전에 그리 바삐 움직일 필요가 없지 않았겠는가.

'흑점에서 구한 것들도 몇 개 꺼내야겠지.'

봇짐에서 몇몇 개를 꺼내어 든다.

봇짐의 크기는 작지만 이 안의 내용물들만 본다면, 그 어느 것들보다도 귀하다고 할 수 있는 것 중 몇이 꺼내진 거다.

그중에는 만독은 아니어도 백독은 막는다는 피독주도 있었고.

어렵사리 구해서 큰돈을 냈지만.

'당기재 그 사람이 놀라겠지.'

어디 가서 당당히 가지고 있다고 말하기는 뭐한 물건들도 몇몇 있었다.

귀하지만 동시에 함부로 말을 하기 뭐한 것은, 지금 운현의 손에 꺼내어진 몇몇 물건들 모두가.

'암거래 한 거니까.'

제대로 된 매물이 아닌 덕분이다.

하기는 애당초 흑점에서 물건은 제대로 됐어도, 그 출처가 제대로 된 물건을 구할 수 있다 생각하는 거 자체가 웃긴 일 아닌가.

물건 하나, 하나가 사연이 있고 그와 관련된 범죄가 있을 수도 있는 일이다.

하지만 거기까지 생각하기엔.

'일이 바쁘지.'

운현도 어쩔 수 없이 눈을 감을 수밖에 없었다.

양심을 팔아서가 아니다.

단지 수백, 수천이 죽어 나가는 상황에서 그 어떤 일보다 지금의 일이 중요한 것을 알기 때문에, 현실적으로 준비를 했을 뿐이다.

딱 그뿐이다.

그 준비의 모든 과정이 한 시진도 안 돼서 끝이 난다.

"햐……."

자신이 낄 수는 없는지라, 옆에서 가만 그 광경을 보고 있던 당기재로서는 다시 한 번 감탄성을 내뱉을 뿐이다.

그 감탄성에는 운현도 함께였다.

아니 정확히는 감탄이 아니라 흐뭇함이 한껏 가득한 표정으로 당기재의 놀라는 모습을 즐기고 있었달까.

그동안 자신이 했던 것에 대한 보상을 느끼고 있는 운현이었다.

'이리도 편해지는군. 잘해 냈어.'

유비무환(有備無患)이라는 말이 그냥 있는 게 아니었다.

지루해할 만큼 많은 준비, 넘쳐날 수 있을 만큼의 준비를 한 운현의 진가가 지금에 이르러서 발휘되고 있는 거다.

그때 그때 가서 준비를 해서는 늦는다는 걸 알고 있으니 벌였던 일.

나이에 비해서 긴 삶을 살아왔던 그이기에 할 수 있는 준비이며, 인내였고 과정이었다.

그 덕분에 그려진 게 바로 눈앞의 광경이다.

당기재로서는 어디에 쓰일지 모를 기구들.

대충 쓸 줄은 알지만 설마 여기까지 가져올 수 있다고는 생각 못 한 약재.

거기에 더해서 아늑하지는 못해도, 불편하지만은 않게 만들어진 임시 실험실의 내부까지.

이런 걸 금방 만들어 낼 거라고 생각할 수 있을 리가 없지 않은가.

아무리 당기재가 당가의 알아주는 기재 중 하나라고 해도, 그건 무공이나 독에 국한된 일인 터.

이런 물건들이나, 여러 기구, 임시의 실험실까지 만들 수 있을 거라는 생각은 하려야 할 수가 없는 일이었다.

당기재의 입장으로서는 일종의 별천지 안에 발을 디디고 있는 셈이었다.

그가 생각하지도 못한 어떤 공간에 있는 셈이니까.

자신도 모르게 입이 떡 벌어져서 묻는다.

"진짜 이게 다 뭔지……."

"적당히 준비된 겁니다. 어디까지나 적당히죠. 당가에 있는 독을 연구하는 곳에 비하겠습니까."

"이건 적당히가 아니지 않소. 당가도 이런 것은 없소. 그런데……."

순간 당기재의 시선이 묘한 곳으로 돌아가게 된다.

*　　　*　　　*

약재나 신기한 기구까지는 그냥 넘어가는 당기재였다.

문제는 봇짐에서 나오는 것들.

그것들 중에서도 여기에 있을 거라곤 생각도 안 되는, 아니 있어서는 안 돼 보이는 것들이 여럿 보인다.

그러니 자연 그곳에 시선이 가는 당기재다.

"저것들이 대체 어떻게 여기에 있는 것이오?"

"놀라셨습니까?"

"안 놀랄 리가 있겠소? 아니 이게 어찌……."

깜짝 놀라는 당기재의 모습은 운현으로서는 예상했던 반응이다.

있지 말아야 할 게 있으니까.

그래도 일을 진행키 위해서는 말을 해줄 수밖에 없었다.

"흑점에서 구했습니다."

"하…… 흑점이란 말이오?"

"그렇습니다. 꺼려하실 것을 알지만, 사람을 살리는 게 먼저이니까요. 다만 어떤 사연으로 흑점까지 흘러들어 왔는지는 제대로 모릅니다."

"……이거. 이 일만 끝나면 당가를 한번 잡도리를 해야 할지도 모르겠소. 하, 이거 참."

"그거야 우선은 뒤로 미뤄놓지요."

"그래야겠소. 그래도 우선은 이 물건들이 있으니, 일은 수월해지겠구려. 좋은 건지 안 좋은 건지. 그래도 넘어는 가겠소."

운현이 가져온 건 당가의 물건. 당가에만 있어야 하는 물건이다.

그런 걸 운현이 잘도 구해 왔으니!

실상 당기재가 융통성 하나 없는 인물이었더라면 이 일을 가지고 문제로 삼을 수도 있음이다.

전생에서야 그런 자들을 고리타분하다고 하지만, 이 시대는 시대 자체가 고리타분할 수밖에 없는 시대이지 않은가.

그러니 운현의 것을 불문으로 부치고 넘어간다는 거 자체가, 당기재로서는 최선의 호의를 보인 걸 수도 있었다.

'그래도 문제는 안 삼는군.'

문제가 됐으면 또 설득을 해야 할 수도 있었는데 다행이었다.

흑점을 이용해서라도 사람을 살려야 하는 이유. 사람을 살리는 게 우선이라는 것. 뭐 그런 이유들을 가져다 붙여서 설득을 했어야 했겠지.

하지만 지금은 그럴 필요가 없으니 다행이었다.

그러니 시원스레 웃어 보인다.

"하핫, 우선은 집중부터 하지요."

"에잇, 신의님은 속도 편하구려. 이 당 모는 머리가 아픈데!"

"어쩌겠습니까. 내부 단속을 제가 할 수는 없으니, 우선 연구부터지요."

"알겠소이다. 우선은 움직이지!"

그렇게 작은 소요와 뒤로 밀린 문제들을 가지고서 연구는
시작됐다.

* * *

역병.

달리 말하면 전염병.

이건 우습게도 강하기만 하다고 해서 만사 전염이 되는
게 아니다.

병이 너무 강하면, 쉽게 말해서 역병의 숙주가 병에 걸려
서 너무 쉽게 죽어버리면 병이 퍼지겠는가?

퍼지기도 전에 숙주가 된 환자가 죽어버린다.

그러니 저 검은 대륙에 있는 여러 무서운 병들이, 전생에
서도 잘 전달되지 않았다.

'에볼라도 그런 것 중 하나지.'

나중에야 사람들끼리 오고가는 방법이 많아져서 전염되고
퍼지곤 했다지만, 그 이전엔 그러지 않았다.

다만 그 지역에서만 국한된 병이 되었을 따름이다.

그러니 역병이라고 하는 것은 너무 강해도, 전염이 되기가
힘들다.

하지만 그렇다 해서 전염성만 생각하고 증세가 강하지 않게 만들어도 문제다.

'암중의 세력…… 아니 어쩌면 다른 세력일지도 모르고.'

어떤 이유, 목적, 생각인지는 아직도 다 불분명하다.

중요한 건 이 역병을 누가 인위적으로 만들고 번지게끔 만들었다고 생각하면, 역병으로 누군가가 죽어야 했다.

전염성만 강하고, 고뿔처럼 죽는 이가 몇 없이 넘어갈 역병을 만들 거라면 뭣하러 일부러 역병을 만들겠는가.

그러니 그들의 목적이 무엇이든 간에 하나는 확실하다.

인위적으로 만든 병이기에 적당히 퍼져 나가면서, 사람들을 꽤 많이 죽게 만들어야 한다.

꽤 잔인한 말이지만 이게 이 역병의 정확하면서 가장 일차적인 목적이 될 거다.

해서 운현으로서는 연구의 기초에서부터 꼬였다.

"전염성이 있으면서도 사람을 죽일 만큼 강한 증세를 만들려면 어찌해야 할까?"

라는 생각에서부터 턱 막혔달까.

'이걸 사람이 지금 의술 수준으로 해낼 수가 있나?'

미리 말했듯 전염성이 강하려면 환자가 살 수 있을 만큼의 병이어야 했다.

그런데 이 역병은 사람들을 죽게 만든다. 그것도 꽤 많이 죽게 만들고, 오한이나 열 같은 증세들도 꽤 여럿 보인다.

그럼 정리하자면 지금 하북에 퍼지고 있는 병은 전염성과 강한 증세를 동시에 가지고 있다는 소리다.

전생에서야 그러한 병들을 쉽게 만들겠지만, 과연 이 시대에서도 그게 될까?

말이 안 된다.

그런데 이걸 눈앞에서부터 보고 있으니, 무조건 말이 안 된다고 말할 수가 없었다.

그래서 퍽 고민을 하고 있다가, 그 생각을 당기재에게 전하니.

"신의님은 너무 깊게 생각하는 듯하오?"

"깊게 생각을 한다라?"

그는 되려 운현의 생각을 탓했다.

그는 운현과는 다른 생각을 해냈다.

"이 역병이 잘 퍼져나가기는 하지만, 생각보다 전염성은 약하오. 그렇지 않소?"

"무슨 소립니까. 전염성이 약했다면, 하북성 전체에 어찌 전염이 되겠습니까. 저 북쪽에서부터요."

"이 당 모가 신의님보다는 경험이 적은 듯하지만 말이오. 들은 건 많소. 그래서 생각이 났는데 한번 들어 보겠소?"

"흠? 말해 보시지요?"

"호북에서 시독이 퍼질 뻔한 일이 있지 않소? 이것도 비슷하게 생각하면 되지 않소이까?"

"아…… 설마!?"

시독.

오래전에 마을 몇몇이 전멸한 것을 봤다.

그 가운데에서 시독이 배양되었고, 그 시독이 호북을 덮칠 뻔한 사건이 있었다.

다행히도 운현과 호북 정파 무림인들의 활약으로 퍼질 틈도 없이 막아 낼 수 있었다.

퍼졌다고 하더라도, 암중 조직이 벌인 일에 비하면 극히 작게 퍼졌다 해도 될 정도였다.

'그걸 생각 못했군.'

그 시독과 지금의 역병을 붙여서 생각하면 방법은 두 가지가 나왔다.

"직접 중독을 시키러 돌아다니는 자들이 있거나, 시독처럼 매개체가 있겠구려."

"문제는 그 두 개는 황궁에서도 잡지는 못하니, 우선은 그건 힘들겠고. 당장은 치료제부터 집중하는 게 맞지 않겠소?"

"그렇구려."

척하면 척이랄까. 둘은 죽이 퍽이나 잘 맞았다.

'좋군.'

약에 관한 연구, 병에 관한 연구를 할 때면 제법 외로웠던 운현이다.

다른 누군가에게 이야기를 하기도 어려웠고, 의방의 의원들도 이런 식으로 접근을 하는 데는 약한 편이었다.

그런데 당기재는 전혀 아니지 않은가.

당가의 독을 연구하는 방식이 무엇인지는 몰라도 운현의 방식과 꽤 비슷한 듯했다.

그러니 서로 죽이 척척 맞는 거겠지.

덕분에 속도가 빨라졌다.

"우선은 병 자체를 누군가가 돌아다니면서 인위적으로 퍼트린다고 할 수 있으니, 이 생각은 황궁 무사에게 전하도록 하겠소."

"저는 우선 증세부터 보도록 하지요."

전염병의 발생 원인이 인위적인 건 이미 결론이 내려졌다.

하지만 이 병이 일단 만들어 놓기만 하면 저 스스로 풀리느냐와 독을 풀듯 역병을 뿌리고 다니는 자가 있냐는 퍽이나 다른 결과를 낳았다.

둘 다 치료제를 급히 만들어야 하는 건 같지만.

병이 저 스스로 퍼진 거라고 하면 그건 꼬리를 잡기도 힘들어질 거다.

병이 퍼진 지가 벌써 몇 달도 더 되었으니, 아무리 천하의

황궁이라고 하더라도 꼬리잡기가 쉽지만은 않을 테니 말이
다.

　하지만 이 병이 일정 이상은 퍼지지 않아 누군가가 병을
직접 마을 혹은 고을마다 풀고 다닌다면?

　그때는 꼬리를 잡을 수 있을지도 몰랐다.

　지금까지야, 누군가 병을 일부러 퍼트릴 수도 있다는 생
각을 못 했으니 조사를 안 했을 뿐이다.

　하지만 이런 식으로 조사를 들어가게 되면?

　'생각을 하냐 하지 못하냐의 차이는 크지.'

　전에는 모르는 채로 당하기만 했다면, 이제는 꼬리를 잡
을 수 있을지도 몰랐다.

　천하의 황궁이라면 분명 잡아 줄 수 있을 거다.

　적어도 얕은 흔적이라도 찾아주겠지. 그 뒤는 운현이 나서
서라도 처리를 하면 됐다.

　그러니 이 차이는 컸다.

　해서 바로 영철을 찾아서 전하는 운현이었다.

　그 소식을 들은 영철은.

　"바로 알아보겠네. 고마우이."

　"아닙니다. 다만 아닐 수도 있음이니, 쓸데없이 사람을 놀
리는 것이 될 수도 있습니다."

"아니네. 가만 손만 놓고 있는 거보다는 움직이는 게 나음이지. 바로 움직여 보겠네."

운현의 말에 깊은 공감과 감사를 표하면서 황궁의 무사들을 움직이도록 했다.

바로 황궁 무사들이 움직였다.

전에도 그러했지만, 확실히 빠른 움직임이었다.

그걸 보고 한편으로 안심을 하면서도 운현은 임시지만, 연구소로 돌아와서는 당기재와 실험을 하기를 게을리하지 않았다.

"병의 증세부터 정리하지요."

"정리하기에는 많군요. 흠. 각 증세를 만들어내는 독들의 조합도 문제구려."

"조화란 말입니까?"

"그렇소. 이독제독이란 말이 있듯이 독이란 같은 독끼리도 잡아먹지 않소이까."

"그건 그렇지요."

당기재는 때론 약이 독이요, 독이 약이다라는 걸 말하는 듯했다.

'독을 무작정 섞어서는 안 된다는 거군.'

약도 과하게 되면 독이 되고, 독도 잘 쓰면 약이 되지 않나.

나쁜 독끼리 섞인다고 해도 어떤 독은 다른 섞인 독을 잡아먹거나 그 증세를 막을 수도 있다는 소리 같았다.

열이 펄펄 나게 하는 독과 오한이 들도록 차갑게 만드는 독이 섞여 봐야 서로 중화된다는 소리다.

"그것들도 감안을 해야 할 거 같소. 그리고 쉽게 구해서 섞을 수 있을지도 생각해야 하고……."

"거기에 더해서 일단은 북쪽에서 자생하는 독을 섞었을 수도 있다는 걸 생각해야겠지요."

"하…… 그렇게 생각하니 정말 복잡해지는구려."

척 봐도 이 빌어먹을 역병의 치료제는 정말 여러 가지를 생각해서 만들어야 할 판이었다.

보통의 생각으로 만들어서는, 이 역병을 만든 자의 꼬리를 잡기도 힘들뿐더러 치료를 하는 것도 힘들 것이 훤히 보였다.

그렇기에 둘 모두 한숨을 잔뜩 쉬어 보이고서는.

"그래도 어쩌겠습니까? 한번 해 봐야지."

"하핫, 이거 참. 이 당 모가 굉장한 곳에 끌려나온 거 같소!"

서로 응원을 한 번 하고서는 치료제를 만들기 위해서 분투를 시작할 뿐이었다.

第二章
치료제

길게 갈 것도 없다.

치료제라고 하지만, 사실은 해독제를 만드는 것이나 다름 없었다.

단어야 뭐가 중요할까.

중요한 건 환자들에게 먹혀들어 치료가 되는지였다. 치료 만 된다면야 치료제라 하든 해독제라 하든 어차피 같은 얘기다.

"흠…… 어렵구려."

"일단 표본은 가져오라 했습니다. 동창에게도 말을 했지요."

"그게 그나마 시간을 절약해 줄 거 같긴 하오이다."

일단은 어떤 것들을 섞었는지 알아내는 것이 중요했다.

독을 섞어서 만들어내고, 그걸 중독시키기 위해서 돌아다니는 자가 있다고 가정했으니까 당연한 일이다.

알아내기만 하면 당장 어떤 걸로 만들어 냈는지 알 수 있었다.

많은 이들이 움직였다. 중원 자체가 넓지 않은가.

북쪽에서 자생하는 독초들에 대해서 알아내는 것도, 아니 이미 안다고 해도 정리를 하는 것도 보통일은 아니었다.

여기에 나서는 이가 있었으니.

"이건 제가 나서죠."

"어려운 일이 될 수 있습니다."

"저만 한 사람도 없을걸요? 의학에 대한 기본 지식에, 의방일도 했으니까요. 후후."

"……그거야 그렇지요."

그 여인은 제갈소화였다.

의방의 총관일로도 경력을 꽤 쌓은 그녀가 아닌가. 거기다 제갈가의 여식으로서 머리가 좋음은 당연하고도 남는 이야기.

사실 그녀만 한 여인, 아니 인재가 있을 리가 또 없었다.

"휴우. 어쩔 수 없군요. 그렇다면 부탁드리겠습니다."

"얼마든지요!"

오랜만에 운현을 도울 수 있다는 것이 그리도 좋을까.

그녀는 여느 사내라면 마음이 흔들릴 만한 꽤 아름다운 미소를 짓고서는 동창이나, 의방 의원들이 말해 주는 독초에 관한 지식을 한데 모았다.

꽤나 몰두를 했달까.

식음 전폐는 아니어도 한곳에 앉아 꽤 오래 작업에 열중을 하고 있을 정도였다. 그만큼 양이 많긴 했다.

"……음."

경력이 좀 있는 그녀로서도 시간이 좀 걸릴 작업이었다.

그나마 다행이라면 중원 북쪽에 있는 독초 전체를 담을 필요는 없다는 거였다.

당기재가 말했던 역병과 비슷한 증상들.

그런 증상들을 만들어내는 독초들이면 충분했다.

다른 조건으로는.

"쉽게 자생해야 합니다. 많은 이들을 중독시킬 만큼 쉽게 자라는 것들이어야 한다는 소리죠."

"흠…… 하기는 보통 양이 많아야 하는 게 아니겠네요."

"예. 그런 것들이, 이 일을 벌인 자들에게는 꽤 유용한 독초가 될 테니까요."

사람이 굳이 신경 쓰지 않더라도, 쉽게 자랄 수 있는 독초여야 한다는 거였다.

역병을 퍼트리려면 많은 독이 필요하니 당연한 이야기였다.

그 외에도 여러 조건들을 담아서 모으니, 생각보다는 빠르게 정리가 됐다.

일주도 되지 않는 시간 만에 해냈으니, 더 말할 필요 없을 정도이지 않은가.

다른 이들이 도와준 것도 있지만, 이 부분에서만큼은 재갈소화의 의방 경력이 빛을 발했다 할 수 있을 정도였다.

그렇게 정리를 하고 보니.

"북쪽에서라면 역시 풍독초, 기만초, 갈음 정도일 듯하오. 적당히 섞으면 조합도 되고, 서로 독력을 상쇄시키지도 않으니까."

몇 가지의 약초만으로 역병을 만들어 낼 수 있을지도 모른다는 결론이 내려졌다.

당기재는 아주 확신한 듯 이야기했다.

물론 균에 관한 이야기나, 약초를 제조하는 방법 같은 것을 알아낸 것은 아니다.

단지 저 정도 독초들을 섞어내고, 역병을 만들어낸 조직이 그들만이 아는 어떤 수단을 사용해서 만들었음을 '짐작' 하는 것뿐이다.

허나 그것만으로도 치료제를 만듦에 있어서 꽤 진전이 됐다고도 할 수 있을 성과였다.

그나마 얼개라도 상황을 파악하느냐 하지 않느냐는 꽤나 큰 차이이니 말이다.

이 부분에서는 운현도 제법 놀라긴 했다.

"고작해야 세 개 정도로 그만한 역병을 일으킨단 말입니까?"

다름이 아니고, 몇 가지의 재료만으로 이런 역병을 만들어낸다는 것에 놀란 거다.

'대단한 수단 아닌가.'

고작해야 몇 가지 재료만으로, 북쪽에 있는 성들을 역병으로 몸살을 앓게 한다?

이건 꽤 대단한 일이다.

어떤 수법을 쓴 건지 몰라도, 꽤 대단한 일이었다. 이걸 잘만 사용하면 반대로 약으로도 쓸 수 있을 거란 생각이 들 정도다.

해서 운현이 놀라고 있는데, 당기재는 아주 당연하다는 표정이었다.

"호오, 당연한 이야기 아니오?"

"그게 그리 쉽게 됩니까?"

"쉽다니! 역병의 재료를 알아내도, 그걸 또 독으로 만드는 건 보통 지난한 일이 아니오. 거기다 독이라는 건 생각보다 많소이다. 중요한 건 역시 어찌 쓰느냐이지."

"흠……."

그의 지론, 아니 당가의 자재로서 그의 말에 따르면.

'세상만사가 독입니다.'

란다.

시체에서는 시독이 나오고, 금속에서는 금속독에, 약초를 독초로 쓸 수도 있단다.

식용으로 먹는 작물도 데쳐 먹지 않고 생으로 먹으면 독이 되기도 하고, 또 생으로 먹어도 되던 게 끓이면 독이 나온다던가.

"자고로 독이라는 것이 꽤 웃기지 않소? 이게 얼마나 많냐 하면은……."

독이 어디에 있고, 어떤 종류의 독이 있는지에 관한 당기재의 설명은 꽤나 길고도, 진지해서 몇 시진이고 계속될 기세였다.

'알고 있기는 했지만…….'

운현으로서는 그 설명을 들으면서, 아는 걸 확인하기도 하고 또 새삼 깨닫는 바가 있었다.

당기재의 독에 관란 지론을 듣다 보니, 생각지도 못한 독에 대한 시야가 생기는 느낌이랄까?

운현 정도 경지에 이르면 새로운 시야를 얻고 깨닫는 것도 꽤나 큰일이 아니던가.

독에 관한 건 잘만 사용하면 약으로도 쓸 수 있는 것이니 특히 그러했다.

하여튼 중요한 것은 세상에 독은 참 많다는 것.

몇 가지만 잘 사용해도 사람 하나 죽이는 것도 꽤 쉽다는 거였다.

확실히 세상 사람들이 왜 독을 무서워하는지 알 만한 설명이었다.

그런 설명을.

"그러니까 자고로……."

"흠흠…… 우선은 거기까지 하지요. 무슨 말씀이신지는 알겠습니다."

몇 시진이고 계속해서 말하려는 당기재를 운현이 몇 마디 말로 막았다.

당기재로서는 안타까워하는 기색이 역력했는데, 평소에는 여유가 넘치고 농이 많던 그의 새로운 일면을 보는 느낌이었다.

당기재는 평소는 놀기 좋아하고, 여유로운 한량처럼 보여도 한번 불이 붙으면 학자처럼 설명을 늘어놓곤 하는 성격인 듯했다.

꽤 재미있는 성격이었다.

'자세한 건 나중에 여유가 생기기나 하면 그때 교류를 하면 되겠지.'

운현도 의원이면서도 학자의 기질이 전혀 없는 건 아닌지라, 지금 시간이 아쉽긴 했다.

해도 지금 중요한 건 그런 것이 아니니 어쩌겠는가.

아쉬운 속을 달래고서는.

"그럼 우선 역병을 일으키는 주요 재료를 알았으니, 해독제도 만들어야 하겠지요?"

"바로 그렇소! 이것들에 대한 해독제는 꽤 많기는 하오. 반대되는 것들을 잘만 사용하면 되니까."

"그건 그렇겠지요."

"문제는…… 여럿 있는데 말이오. 흠……."

"일단 이야기해 보시지요."

"그것이……."

당기재가 말하는 문제.

대량 생산의 문제였다. 그도 아니면, 해독제든 치료제든 간에 만드는 데 기술이 필요하다고 하던가.

해독제를 만드는 것도 보통 일은 아닌지라, 그로서는 꽤 난감한 기색이 역력했다.

하기는 당기재의 고민은 당연한 일이었다.

어디 약 하나 만드는 것이 쉬운가.

쉬운 일이었더라면 누구나 자신 스스로 약을 만들어서 챙겼을 거다.

괜히 이 중원 땅에서 떠돌이 약장수 말이라도 믿고, 없는 돈 몇 푼씩이라도 던져서 약을 챙겨 먹는 게 아니라 이거다.

보통의 의원, 아니 명의가 된다고 하더라도 평생에 자신의 이름을 내건 약을 몇 개나 만들어 낼까.

흔한 소화제도 새로 만드는 건 참으로 어려운 일이었다.

멀리 나가면, 영약 같은 것도 약이라면 약인지라, 그런 약 하나를 만들면 대대로 그 비법을 숨기고 비밀로 하여 전승하지 않던가.

당기재가 이 부분으로 고민을 하는 것도 결국 당연한 일이었다.

아쉬운 표정까지 짓고 이리 말했을 정도다.

"이거…… 새 약을 만드느니 차라리 역병을 퍼트리는 자들을 잡는 게 빠를 거 같지 않소?"

그로서는 운현이 가진 신기한 기구, 이동식 연구실을 잔뜩 이용하고 싶은 마음은 크나 막상 새 약을 만들려고 보니 현실적인 문제가 걸려 움찔한 게다.

하지만 여기서는 운현이 나섰다. 아니, 그가 나설 수밖에 없는 상황이기도 했다.

그가 평생을 바쳐 놓은 전문 분야가 여기서 나왔다고 할 수 있는 상황이다!

그렇기에 당기재는 울상을 지었어도, 운현은 울상은커녕 되레 자신만만한 표정을 짓고 있었다.

"걱정 마시지요."

"무슨 방법이 있는 겁니까?"

"비법이긴 하나, 여러 가지로 방법이 있지요."

꼭 연구실이 아니더라도 됐다.

적들이 무슨 비법을 쓰든 상관없었다.

일단 역병을 퍼트리는 자들이 누군지는 몰라도, 당기재가 역병에 사용될 만한 독초들을 알아냈다는 걸로 충분했다.

그리고 그에 따라서 그 독초들을 어떤 약초를 사용하면 해독할 수 있는지도 충분히 알아낼 터다.

여기까지는 당기재가 있어 아주 빠르게 진행이 됐다.

그리고 여기부터는.

'내 영역이지.'

그의 생각대로 그야말로 그의 영역이라기에 충분한 상황이었다!

그가 지금까지 해 온 것의 핵심이 약에 관한 연구가 아닌가.

이번에 만드는 것은 영약도 아니고, 항생제도 아니지만 그게 무슨 상관이랴.

진기를 통해서 약효를 강화할 수 있으며, 이동식 연구소가 있고, 그의 손을 받쳐 줄 의원들이 당장 있는 상황이었다.

그러니 운현은 자신만만했다.

"우선 당장 해독제로 쓰일 만한 약초들부터 알려 주시지요."

"그다음은?"

"배합을 보여드리지요. 그리고…… 꽤 새로운 걸 보실 수 있을 겁니다."

"흐음……."

당기재가 독초를 상쇄하는 약초들을 말하기 시작한다.

그로서도 일종의 비전이 되는 것이기도 했다. 해독약에 대한 지식은 반대로 이야기하자면 당가에 해를 끼칠 수 있는 이야기였으니까.

당가하면 독이며, 독이면 당가이니 그런 독을 해독할 수 있는 건 꽤 위험한 정보가 될 수도 있었다.

그도 상황이 심각하고 단 몇 가지의 것만 말하면 되기에 쉽게 말하는 것도 있을 거다.

그리고 또한 한편으로는 운현이 대체 어떤 방법을 사용할 것인지에 대한 기대감도 어려 있었다.

아무래도 그가 무인이 되지 않았더라면 열성적으로 불타오르는 학자가 되지 않았을까 싶을 정도의 모습이었다.

"그러니까 말이오, 이 해독초들은 주로 끓이거나, 증류를 하는데……."

그렇지 않았더라면 약초를 말함은 물론이고 설명까지 이리 자세하게 하지는 않았겠지.

'좋군. 좋아.'

어쨌거나 당기재의 협조(?) 아닌 협조로, 일은 아주 수월하게 돌아가기 시작했다.

*   *   *

운현이 지금까지 사용했던, 아니 만들어 왔던 비법들이 거기서 사용됐다.

전생에서도 재료의 손질에서부터 그 비법이 다른 게 있다고 하지 않나.

운현이 약을 만드는 게 딱 그런 식이었다.

고오오.

다른 이들이 만들어 온 약초들. 거기에 운현이 기를 불어넣는 게 그 시작.

대량으로 기를 불어 넣는 건 난이도가 높을 수밖에 없지만 운현은 곧잘 해냈다.

'이 정도면 딱 적당하지.'

전에는 약효를 너무 강하게 한다든가, 필요 없을 정도로 과하게 기를 불어넣곤 하지 않았나.

그것도 효율성이란 걸 생각하면 다 낭비였다.

그러나 지금은?

그 사이에 기를 운용하는 수법이 전보다 발전했다.

아니, 발전을 할 수밖에 없기도 했다.

사람을 치료한다고 선천진기를 미친 듯이 불어넣고 다시 연공하지 않았나.

냉장고로 가져 온 항생제의 효능이 부족하면 거기에도 기를 불어 넣어 대량 치료를 하게끔 한 것도 운현이 한 행위 중에 하나다.

의방 의원들이 용케 버틸 수 있는 데에도, 그들이 오기 전에 무공을 수련해서 체력이 붙은 것도 있기는 하지만 운현의 공도 있었다.

그들에게도 아주 소량이나마 영약을 준 덕.

참고로 그 영약도 운현이 기를 불어 넣어서 만들었던 것이니, 얼마나 많은 곳에 운현이 선천진기를 사용했는가.

이는 선천진기가 대단하다는 걸 증명하기도 하지만, 운현이 그만큼이나 많은 기를 운용한 경험이 있었다는 증거기도 했다.

말 그대로 미친 듯이 선천진기를 사용했으니 숙련도가 안 올라가면 그건 천하의 둔재일 거다.

덕분에 선천진기가 모든 기의 우위에 있으며, 꽤나 대단하다는 걸 의방 사람들에게 직접 증명하게 된 건 덤이었다.

그 덕분으로 의방의 의원이나 무사들 모두 선천진기를 부러워하기는 했으나.

"역시 극악해서 안 되겠군."

"무리야. 무리."

선천진기를 쌓는 거 자체가 굉장히 비효율적인 일이라는 걸 들은 이들이 고개를 절레절레 저은 건 운현의 선천진기와 관련된 작은 후문 중에 하나였다.

어쨌거나 재료에서부터 그리 기를 불어 넣으니 그 자체로 대단한 영약 아니, 약초가 탄생한 거나 다름없는 터.

운현의 성격상 그걸 숨기고 말고 할 필요도 없었던지라, 당기재에게도 그 모습을 보여준 건 당연하다면 당연한 일이었다.

사실 안다고 해도 따라 할 수 없는 그런 것이기도 했다.

당기재도 그것을 아는지라, 진기를 이용해서 약효를 강화하는 건 어찌 따라할 생각도 하지 못했다.

어느 정도의 지식을 가진 그이기에 깊이를 아는 것이다.

지금 운현이 한 것처럼 약초에 기를 불어넣으려면, 의술과 무공이 병행되어야 함을 그도 알았다.

말은 쉬워도 이걸 실제로 하는 건 지난한 일인 걸 알기에 따라할 생각도 못한 거다.

대신 그는 운현이 하는 짓을 보고 놀람을 감추지 못했다.

"허…… 이런 식으로 강화라. 이건 완전히 미친 짓 아니오?"

그가 보기에 전혀 생각지도 못한 일을 해대니 놀라지 않는 것이 이상했다.

하기는 누굴 데려와도 어느 정도 지식만 있다면, 그 대단함을 능히 짐작하고도 남을 일이긴 했다.

거기다 덤으로.

"독에도 이리 사용하면…… 어마어마해지겠군."

그는 꽤나 눈을 빛내며 운현이 현재 하는 일의 효용성을 당가의 사람답게 재해석했다.

운현이 실제로 그럴 일은 없겠지만.

안 그래도 사람을 죽이는 데 특화된 독이라고 하는 걸, 운현이 기를 불어 넣어 더욱 강화를 시키면 얼마나 무서운 독이 만들어질지를 내심 생각하고 계산했달까.

'……당가십독이 다 바뀌어버릴지도 모르겠군.'

자기도 모르게 몸을 부르르 떨었을 정도다.

지금까지는 본래에 있는 독을 사용하고, 배합, 조합시켜서 더 강한 독을 만드는 게 당가가 독공을 강화시키기 위해서 하는 일들이었다.

하지만 여기에 약초 그 자체를 강화하는 게 추가되면?

그때는 당가가 꿈꾸는 독인의 시대가 올지도 몰랐다. 하지만.

'그가 이런 일을 할 리가 없지.'

당장 운현이 그런 일을 할 리가 없지 않은가.

거기다 당가는 선천진기에 관련된 무공도 없다.

아니 구한다고 하더라도, 그 어느 누구가 지루하다 못해 효율성 극악인 선천진기의 무공을 익히겠는가.

아무리 당가가 오대세가 중 하나라고 하더라도 거기에 투자하는 건 꽤나 어려운 일이다.

게다가 노력을 해서 선천진기를 키운다고 해도, 모두가 운현처럼 기감을 깨달을 수 있는 것도 또 아니지 않은가?

기를 실제의 약초에 불어 넣는 것.

이건 어디까지나 운현만이 가능한 일이다.

어찌 보면 전에 없던 새로운 경지를 개척한 것이나 다름없는 일인 터.

이게 노력한다고 해서 얻어질 리가 없는 것이다.

설사 그걸 당가의 사람들이 피나는 노력 끝에 그 경지에

도달을 한다고 하더라도.

'그 사람은 선천진기를 익혀서 독인이 되지를 못하니……'

그 또한 한계가 있다 할 수 있었다.

기껏 운현의 경지에 도달해도, 그 자신은 독인이 되지 못하고 선천진기를 이용해서 기만 불어넣게 될 터.

결국 세가를 위해서 죽어라 독초를 선천진기로 강화시키는 일만 하게 될 거다.

운현만 해도 당장 절정을 넘어가고 있지 않나.

운현이 얻은, 기를 불어 넣는 기감에 관한 깨달음을 얻으려면 최소 절정은 넘어야 된다는 이야기인 터.

대체 그 누가 절정을 넘어서는 경지에 이르고서도 기를 불어 넣는 일만 할까?

말이 안 되는 일이다.

차라리 절정의 실력을 가지고 무림을 주유(周遊)하면 주유하지. 평생 썩어가면서 세가에 희생하는 건 그 누구도 하기 힘든 일이었다.

'현실에 없는 일이겠군.'

결국 독초 그 자체를 강화시켜 주는 당가의 사람은 꿈에서나 나올 일인 거다.

운현이 독초에 독을 불어 넣는 호의를 보이지 않고서야,

당기재가 생각하는 강화된 독초는 나오지도 않을 거다.

고로 당가십독이 바뀔 일도 없을 터.

'아깝구나……'

당가의 사람인 당기재로서는 괜한 아쉬움을 삼키는 것이 그가 할 수 있는 최선일 따름이었다.

어쨌거나 그렇게 재료에서부터 시작된 운현의 치료제 생산은 거기서 끝이 아니었다.

그가 그동안 쌓아 온 모든 비법이 동원됐다 하지 않았나.

증류와 같은 간단한 방법에서부터 시작해서, 장인 한춘석을 통해서 만든 기구를 이용한 방법에 이르기까지!

그가 할 수 있는 한 최소의 시간으로 최대의 효과를 낼 수 있는 온갖 방법들이 동원됐다.

그 덕분으로.

"하…… 임시약이긴 합니다. 이게 과연 먹힐지를 보기는 해야 하겠지만요."

"……빠르구료."

그 생산 속도에 당기재가 혀를 내두를 만큼 빠른 속도로 치료제가 나왔다.

운현이 불어 넣은 기의 덕분일까.

아니면 배합을 잘해 내서일까. 청아한 향을 뿜어내는 이 치료제는 과연 보는 것만으로는.

'여느 영약과 비슷하구나.'

영약과도 비견되는 그런 모습을 하고 있었다.

그 맛이나, 효능을 떠나서 겉모습만큼은 분명 합격인 물건이 나왔다.

어느 내공에 미친 무지한 무인들이 본다면 대뜸.

"영약이구나!"

하고 훔쳐 달아나지 않을까 싶을 정도의 향과 자태를 뽐내고 있었다.

아니 여기에 금박만 씌웠으면, 천하의 당기재라고 하더라도 대충 대단한 약이겠거니 하고 샀을지도 몰랐다.

어쨌거나. 이 영약, 아니 치료제는 이제 실험의 단계로 들어가야 하는 터.

몇 개 되지도 않는 치료약을 들고서 운현과 당기재가 드디어 나섰다.

第三章
역독당환(易毒唐丸)

새로운 약.

그런 약의 실험이라고 하는 건 몇 년은 걸리는 지난한 일이다.

보통 상태의 운현이었더라면, 이런 약을 만들었다고 대뜸 실험에 들어가지는 않을 터였다.

전에 만들었던 항생제만 하더라도, 사용하기까지 기간이 꽤나 걸리지 않았던가.

하지만 지금 상황이 말이 아닌 터였다.

아무리 운현이라고 하더라도 융통성을 부릴 줄을 알았다.

그렇기에 당장 이 약에 관해서 위험성만 생각하기보다는,

이 약으로 얻을 효용성에 더 집중했다.

그리고 내심.

'잘 먹히겠지.'

비록 임시라고 말은 했으나, 내심 제대로 약효를 보이지 않을까 싶은 생각이 있기도 했었다.

제갈소화가 북쪽에 자생하는 독초와 약초에 대해서 정리.

당기재가 그 정리를 토대로 역병에 먹혀들 만한 독초들을 또 다시 추리지 않았는가.

거기에 운현이 그동안 쌓은 비법과 기감에 대한 깨달음이 녹아들었으니, 자신감을 가지는 것도 무리도 아녔다.

거기다 약의 원리만 생각하면, 그리 복잡한 약도 아니었다.

독으로 역병을 만들어 중독을 시켰으니, 그 반대되는 독과 약재들을 배합해서 만들어 낸 정도였다.

약초의 부족한 약력에 운현의 기감을 더하고, 여러 생산 비법을 넣어서 최대한 그 효용성을 극대화했을 뿐이다.

그러니 너무 위험하다고만 생각하는 게 오히려 이상한 일이었다.

어쨌거나 그런 자신감을 가지고, 운현이 나섰다.

*　　　*　　　*

그래도 새로운 약을 시험해서인지,

'이게 가장 좋겠어.'

그가 새로이 만든 약 중에서 가장 괜찮아 보이는 걸 굳이
골라 왔다.

내심 자신감이 있으면서도, 그래도 이왕이면 최상의 결과
가 나왔으면 하는 생각에서다.

유치해 보일 수도 있으나 운현도 사람이니 이해하고 넘어
갈 법한 일이다.

"으으……."

환자 하나.

이 약을 받을 대상자다.

운현이 그 옆에 서서는 치료를 막 행한 의원 하나에게 묻
는다.

"치료 상태는 어떤가?"

"좋습니다. 신의님이 본래 가져오신 약을 주입하는 걸로
도 충분할 겁니다. 다만……."

"시간이 오래 걸리겠지. 아니면 선천진기가 필요하거나."

"그렇습니다. 전과 다르지는 않지요."

역병이라기보다는 독에 중독된 환자라고 생각하고, 치료
를 하는 것까지는 이미 가능했다.

좀 오래 걸릴 거 같은 환자는 운현이 나서는 걸로도 충분

했던 상황.

하지만 앞으로 더욱 빠르게 역병을 몰아내기 위해서는 변화가 필요했다.

그리고 그 변화를 지금 막 품에서 꺼낸 약이 만들어 줄 거라 운현은 생각했다.

"이걸 복용시켜 보게나."

"이게 그것입니까?"

"그렇네. 아직 이름은 없으나, 일단은 나왔지. 한번 복용을 시켜보게나."

"에."

운현이 건넨 약을 의원이 조심스럽게 받아든다.

그 모습이 공손하기 그지없어서, 옆에서 지켜보는 당기재로서는 운현이 의방에서 존경을 받고 있음을 몸으로 느낄 수 있을 정도였다.

"그럼……."

혹여나 약이 기도를 막을까 걱정을 하며, 환약을 조심스레 먹인다.

그의 걱정이 무색하게 입으로 들어간 환약은 금방 액체가 되어 녹아들었다.

운현의 기운이 섞인 덕분인지 그 과정이 꽤 빨랐다.

여기까지는 운현이나, 당기재로서도 예상을 했다.

정성 들여 만든 환약이니 잘도 먹혀들어 갈 거라 봤다.

문제는 그 다음.

"으……."

환자의 상태였다.

운현이 직접 환자의 맥을 살핀다.

기감으로 느낄 수도 있지만 더 확실히 하기 위해서 접촉을 한다.

오한이 드는 듯 몸을 떠는 환자의 상태를 지켜본다.

확실히 몸이 정상은 아닌 상태다.

그나마 의원들이 시간을 들여 치료를 해서 이 상태다.

조금이라도 늦었더라면, 생을 달리했을 거라는 건 여기 있는 누구나 안다.

간간이 정신을 차리는 역병 환자도 그 정도는 인지하고 있을 정도였다.

시간이 흘러간다.

반각. 일각. 다시 일각.

"……."

모두가 침묵하는 가운데에서도 시간은 지나간다.

진기를 이용해서 약 흡수를 도울 수 있음을 알면서도, 우선은 지켜본다.

모든 역병 환자들을 진기를 불어 넣어 치료할 수 없으니,

진기를 불어 넣는 건 나중의 일로 보는 거다.

그렇다고 가만있기만 한 건 아니었다.

환자가 어느 상태든 이상 반응을 보이기 시작하면 언제고 손을 쓸 준비가 돼 있었다.

무공의 고수가 언제나 출수를 할 수 있듯이, 운현은 언제고 치료를 할 수 있게 기운을 조종하고 있었다.

그렇게 지나간 시각.

통상적으로 약효가 들기 시작할 때.

"……오."

같이 상황을 지켜보던 의원의 목소리가 적막을 깬다.

몸의 떨림이 잦아들어 간다. 상태가 좋아져 간다.

극적이지는 않았다. 그래도 오한이 줄어들어 가고, 떨림이 잦아들어 가는 건 분명 좋은 징조였다.

"먹히는 건가."

당기재도 가만있다가 끼어들었을 정도다.

아주 극적이지는 않아도 충분히 약효가 먹히는 거라고 볼 수 있는 장면이었다.

"……"

그럼에도 운현은 침묵을 유지한다.

그도 희망을 안 갖고 싶어서 이러는 게 아니다. 당장 약효가 보이는 것에.

'차도가 있구나.'

좋게 생각하고 있었다.

다만 한 번 더 침착하게 참고 있을 뿐이었다.

좋던 상황에서 안 좋은 상황으로 언제고 변할 수 있는 게 환자이기에, 또한 약효가 들어 먹힌 듯해도 부작용은 언제고 튀어나올 수 있음을 알기에 가만있을 뿐이었다.

"잠시만 더 지켜보지요."

"크흠…… 그러지요."

그 분위기를 감지한 당기재나 의원들도 눈치껏 운현과 같이 바라보기 시작한다.

더 시간을 보낸다.

아까와 같은 시간. 거의 반 시진에 가까운 시간을 보낸다.

그때.

"으……? 웃? 의원님?"

환자가 눈을 떴다.

정신을 잃은 건 아니지만 고통에 끙끙대기만 하던 환자가 눈을 뜨고 말이라도 한 거다.

약을 먹기 전에도 간간이 정신을 차리기는 했다.

그래도 지금처럼 눈가에 또렷함이 보이지는 않았다.

후유증이 있는 듯 아직 안전한 상태는 아니지만 분명 차도를 보였다.

그것도 조금이나마 눈에 띌 만큼의 차도다.

"휴우······."

그제서야 운현이 안도의 한숨을 내쉰다.

긴장을 조금은 내려놓는다. 그래도 완전 내려놓지는 않았다.

"더 지켜보지요."

이제 시작이라고 생각할 뿐이었다.

*　　*　　*

하루가 그렇게 지나갔다.

치료제가 이미 나왔기에, 같은 일의 반복이다. 그래도 정신이 없었다. 약을 배합하고 있는 한편으로는 신경이 쓰이기 때문이리라.

계속해서 반복을 하고, 어렵사리 드는 저녁 식사 때.

"대체 시간이 어떻게 가는지도 모르겠소."

"그렇습니까?"

"그렇소. 이 당 모, 당가에서도 꽤 바삐 살았다 자부했는데······ 하. 여기는 완전히 다른 것 같소."

"하하. 그렇습니까?"

"그렇소이다. 이거 원, 밥이 코로 들어가는 건지 입으로 들어가는 건지도 솔직히 모르겠소."

"하다 보면 나아질 겁니다. 하다 보면요."

"익숙한 듯합니다? 하핫."

"그렇지요. 환자를 대하다 보면 익숙해지더군요."

"하하. 이거 참……."

그 사이 운현이 좀 편해지기는 한 건지 당기재가 슬쩍 속내를 꺼내 온다.

일종의 엄살이었다.

하지만 나쁘지만은 않았다.

같이 일을 하며 운현과 가까워진 게 있기에 할 수 있는 엄살이란 걸 알고 있는 덕분이다.

운현이 보기로 당기재는 꽤 괜찮은 사람이었다.

'허물도 그리 없고. 괜찮은 자지.'

아마 이런 위기시가 아니라, 평온한 상황에 만났더라면 호형호제를 하며 지내지 않았을까?

명가의 자제라 해서 보이는 허물도 없으며 운현의 능력을 보고 인정할 줄도 아는 게 당기재다.

그러니 나이를 떠나서 당기재와는 충분히 좋은 사이로 남을 수 있을 거다. 남자 대 남자로서.

다만 웃기는 상황이라면.

'과연 평온한 상황이 언제 올는지 모르겠다는 거겠지.'

어렸을 적.

전생을 겪고 가족에게 적응하고 무공을 익히는 동안의 평화. 그때가 운현의 삶에 있어서 최대의 평화였다.

마치 앞으로 들이닥칠 환난이 있으니, 최대한 좋은 시간을 보내라는 누군가의 배려처럼 느껴질 정도다.

'그때가 좋았지.'

아 옛날이여. 그런 식으로 예전을 그리워하는 게 아니다.

다만 상황이 계속해서 안 좋았으니, 그때의 평화를 조금 그리워할 뿐이다.

그렇다 해서 지금이 안 좋은 것도, 지금의 환난에 힘겨워하는 것도 아니었다.

잠시 힘겨워하고 지친 적은 있었으나, 버텨서 이 난세와도 같은 상황을 이겨내겠다고 마음먹은 지 오래다.

그만큼 그의 각오는 컸다.

잠시. 아주 잠시지만 예전을 생각한 건, 그런 각오에 힘을 더하려 그리한 것뿐이다.

딱 그 정도다.

지금도 굳이 나쁜 것만 있는 상황은 아니지 않은가.

당기재와 하는 이런저런 대화, 나중에 참여를 했지만.

"휴우. 저희도 같이 듣자구요."

"저 왔어요."

"하핫. 어서 와서 들어요. 오늘은 황궁 무사들이 가져온 게 있어서 찬이 꽤 좋습니다."

"네!"

가만히 앉는 제갈소화나 쪼르르 와서 굳이 운현의 옆에 앉는 남궁미, 그들과 함께하는 시간이 소중함을 분명히 안다.

어려운 상황 속에서도 여유를 찾는 방법을 알게 된 지 오래다.

그렇기에 이 바쁜 상황에서도 즐길 줄을 알았다.

그렇게 약을 처음 시험한 하루가 지나간다.

다시 이틀째.

"음? 오셨습니까?"

"차도는 어떠한가."

약을 굳이 운현이 먹일 이유는 없었다. 당장 문제가 생긴 것도 아니니 옆에 있을 이유도 적었다.

그렇기에 처음 약을 먹였던 의원에게 남은 약들을 건네준 게 어제였다.

대신에 당기재와 운현은 그 남는 시간에 약을 만들고 있었을 뿐이다.

그래도 완전히 관심을 끄고 약만 만들 수는 없기에 이틀째 정오가 되는 시간 운현이 다시 환자실에 들렀다.

'나쁘지 않아.'

기감으로 느껴지는 바가 있기는 하지만, 당장 기감으로만 느끼는 운현보다 하루 내내 같이하는 의원이 더 깊이 알 것은 당연한 이야기인 터.

운현의 물음에 피로가 가득하던 의원이 눈을 빛내며 답을 해온다.

신의인 운현에게 자신이 환자를 봐온 바를 설명할 수 있다는 것에 조금은 흥분한 기색이었다.

"많이 좋아졌습니다. 신의님의 선천진기만은 못해도, 지금까지 중에서는 가장 빠른 속도입니다!"

"그 정도인가?"

"예! 이대로라면 빠르면 삼 일. 나쁠 경우 오 주야 정도면 완치가 되지 않을까 싶습니다."

"호오."

의원. 그가 흥분한 이유 중에는 환자의 상태가 나아진 덕도 있는 듯했다.

운현에게 환자의 차도가 나아져 가는 걸 구체적으로 설명을 하면 할수록, 의원의 흥분도 같이 더해져 간다.

환자를 가장 객관적으로 봐야 하는 게 의원 아닌가.

그러니 이런 식으로 흥분하는 건 때로 독이 될 수도 있었다.

하지만 운현으로서도 차도에 관해서 이야기를 들으면 들을수록 같이 가슴이 뛸 수밖에 없었다.

'좋군.'

그가 만든 치료제에서 희망을 본 덕분이다.

예상보다는 극적이지는 않지만, 분명 나아지고 있다고 하지 않은가. 그러니 그도 흥분을 할 수밖에.

그래도 신의이자 이곳의 책임자로서 한 마디는 남길 수밖에 없었다.

"그래도 침착하게 보게나. 가장 열심히 봐야 하는 건 자네일 테니."

"예! 여부가 있겠습니까. 눈 하나 깜짝 않고 보고 있도록 하겠습니다!"

흥분을 가라앉히고 지켜보라고 말이다.

그래도 잔뜩 흥분을 해서 말하는 의원이기는 하지만, 어쨌건 그는 환자의 상태를 잘 볼 거다.

그 정도의 능력은 있으니까.

그런 상태로 시일이 흘러갔다.

*　　　*　　　*

"됐다!"

극적이진 않았다. 적어도 운현이 보기엔 그랬다.

하지만 다른 이들이 보기에는 그렇지 않은 듯했다.

"역시 신의로군."

"조속해졌어."

금방 치료제를 만들어냈다는 거 하나만으로도, 그들이 보기에는 기적이었다.

운현이야.

'다들 도움을 준 게 컸지. 그동안 준비도 해 왔고.'

오래 전부터 그가 준비해 왔던 것들이 이제 막 폭발하듯 결과를 만들었다고 생각했을 뿐이었다.

그 모든 게 이제 막 작용한 셈이랄까.

그로서는 남들이 알지 못할 만큼 크게 그림을 그려 왔고, 그게 이제 막 꽃을 피운 거다.

특히 치료제를 제조하는 부분은 확실히 그러했다.

무언가 새로운 방안을 찾아낸 것도 없다.

단지 그동안의 모든 비법을 섞었을 뿐.

허나 다른 이들이 보기에는 그마저도 대단하게 보인 듯하다.

너무도 순식간에 약을 만들어 냈고, 그게 약효를 보였다.

"흠…… 전체는 안 되는군요."

"그래도 팔 할 이상은 먹히지 않소. 나머지는 의원들이 할 일이지."

모두를 완치시키는 기적의 치료제는 되지 못했어도, 팔 할에 가까운 환자들을 치료해 냈다.

나머지 이 할의 환자들도 거의 치료제가 먹혔다.

완전히 안 먹혔다기보다는 약효가 들기 전에 중증에 이르렀다거나, 다른 합병증이 생겨버린 문제였다.

이 부분은 치료제의 문제가 아니라, 단순히 그들이 운이 없거나 평소의 건강 상태가 좋지 못해 일어난 일이라고 할 만한 문제였다.

말이야 쉽지, 역병을 팔 할이나 잡아내게 하는 약을 누가 그리 단시간에 만들어 내겠는가.

그 지역에 있던 자들이 순식간에 낫기 시작했다.

가장 먼저 치료제를 받은 자들이 낫기 시작한 건 물론이고, 그나마도 다 치료가 안 된 자는.

스으으으.

운현의 선천진기의 도움을 받았다.

그 병세가 약할 경우에는 당기재의 말마따나 의원들이 나서서 치료를 하면 그걸로 됐다.

그뿐이다.

그걸로도 그 마을에 있는 자들을 모두 완치했다.

"오……."

"기적일세."

과장이라 할 것도 없었다.

마을 사람들. 그들 모두가 운현을 찬양하듯 바라보고, 진정 신의나 신선이라도 되는 듯 바라보는 것도 무리도 아니었다.

다 죽어가는 마을.

더는 희망이 없는 마을에 희망을 주고, 죽어가던 삶을 이어가도록 해 줬는데 그리 생각지 않는 게 더 이상한 일이 아닌가?

살려줬다고 욕을 하는 놈은 미친놈밖에 없을 거다.

그렇게 모두가 찬양하기 시작할 때도 운현은.

"조금만 더 개량하면 될 거 같습니다."

"하…… 이 정도로도 만족이 안 되오?"

"약효를 조금만 더 올리면, 더 많은 이들이 삽니다. 열이 죽을 게 아홉이 죽고, 아홉이 죽을 게 여덟이 죽겠죠. 그럼 수없는 사람이 삽니다."

"……어쩔 수 없군. 최대한 돕기라도 하겠소."

第四章
또 배우다

　마지막에 마지막까지.

　약효를 올리기 위한 방안을 쥐어짜고 치료제를 더욱 강하게 만들 방안을 생각하느라 머리를 싸맸다.

　'재료가 안 되면, 제작 방법에 더 힘을 들이면 될 일이지.'

　그 방안이라고 하는 건 생각보다 쉬이 나왔다.

　운현이 아니었다. 당기재가.

　"가문에서도 사람을 살리기 위한 일이라면 넘어가겠지. 그게 아니더라도 독에 관한 문제이니까 넘겨줄 거요."

　"감사합니다."

꽁꽁 싸매고 있던 당가의 비전 하나를 꺼내어들었다.

독초를 이용해서 독을 만드는 그들 아닌가.

'아예 약효를 몇 배는 축적시켜 버리는군. 대단해.'

그런 당가의 사람이다 보니, 독을 더 강하게 하기 위해서 독초의 독력을 축적시키는 방법이 발전한 건 당연한 일이다.

그들은 운현처럼 기구를 이용한 방안과는 전혀 다른 방안을 사용했다.

바로 기.

운현이 선천진기를 이용해서 치료를 하듯이, 그들은 독초를 이용해서 독력을 축적시키는 걸 기본적으로 사용할 줄 알았다.

그걸 당기재가 약을 만드는 데 사용하는 약초에 사용했다.

약초도 나쁘게 사용하면 독초가 될 수 있음을 생각해 보라.

실상 독초든 약초든 운기를 해서 약력을 축적시키는 건 당기재에게는 그리 어려운 일이 아닐지도 몰랐다.

독인이 온몸 전체가 독으로 이뤄진 것이고, 당가에서 독을 사용하는 자들이 평소 독력으로 내력을 쌓기도 한다는 걸 생각해 보면 답이 나왔다.

그렇게 약재의 재료의 약력을 축적시킴으로써 치료제의 성능은 전보다 올라갔다.

운현은 약초 자체를 강화해 낸다고 한다면, 당기재는 강화된 약재를 기로 축적시키는 방법으로 효과를 올린 거다.

말장난 같아 보이지만, 이 둘은 비슷하면서도 분명 다른 방식이다.

그런 방식을 보여주다니.

당기재로서는 꽤 큰 결단을 내린 셈이었다.

물론 그도 계산이 깔려 있기는 할 거다.

이번 일은 잘하면 당가의 사람이나 당가로부터 나온 자들이 역병을 퍼트린 걸 수도 있었다.

그러니 그로서는 일종의 보험으로 비법을 하나 보여준 걸 거다.

사람도 살릴 겸, 당가의 일원이 이번 역병을 퍼트렸을 수도 있으니 일종의 보험이랄까.

후에 설사 당가로부터 나온 이가 역병을 만들었다고 하더라도, 당가의 당기재가 나서 치료제를 만드는 데 한몫했다는 면죄부를 만들려는 계산도 분명 있다.

나쁜 계산은 아니었다.

사람이 그 정도의 이기심이야 부릴 수도 있는 것이고, 가문을 위해서 하는 계산인데 미워 보일 리가 없었다.

다만. 운현이 눈을 빛내며 그걸 바라보고 있는 게 되레 당기재 입장에선 문제라면 문제랄 거다.

'배울 점이 많은데. 좋은 방식이야.'

생명의 진기나 다름없는 선천진기를 이용해서 약효를 강화시켜 온 운현 아닌가.

또한 전생으로부터 가져온 지식들을 이용해서 항생제를 만들기도 했던 운현이다.

하지만 이 두 방법 모두 획기적이긴 해도 또한 한계가 있을 때는 분명 있었다.

선천진기라고 해서 모든 것을 다 치료해 내지는 못했다.

거의 모든 것이 가능했지만, 아주 심한 것들은 하지 못하는 게 당연했다. 만능은 아니다.

지난번 이명학을 치료할 때만 하더라도 깨달음이 있어서 가능했지, 선천진기만으로 치료를 해낸 건 분명 아니었다.

항생제는?

이것도 마찬가지였다.

항생제를 만들어내는 것까지는 분명 성공했다.

하지만 전생에서 만들어졌던 항생제들만큼 대단한 위력은 보이지 못한다.

조금은 무르달까.

대량 생산까지는 어찌어찌 성공하고, 냉장고에 저장함으

로써 장기간의 저장까지 성공했지만 딱 거기까지다.

전생의 항생제보다 약효는 안 좋으면서, 만들기는 힘들다. 대량 생산도 힘들다.

한계가 분명히 나왔다.

그 한계를 보완하기 위해 의방에 많은 의원들을 들여서 보조를 하게끔 하고, 선천진기를 이용해서 메꿔 왔기는 하다.

하지만 운현이 없으면 선천진기를 또 쓸 자가 누가 있겠는가.

항생제가 먹힌다고 해도, 의방의 의원들 수도 당장 한계가 있기는 하지 않은가.

아무리 그들이 수십이 나서도 성 전체를 한 번에 치료를 하는 건 불가능했다.

여기까지 해낸 것도 기적이랄 수 있는 성과지만, 한계도 분명히 보였다.

그런데 당기재가 보인 방식에서 그걸 조금은 보완할 수 있는 것을 찾았다.

강화된 약효를, 강하게 축적할 수 있다니!?

여기서 조금만 더 발전시키면, 만들어진 항생제를 기운으로 축적시켜서 항생제의 위력을 더 강화하는 것도 가능하지 않겠는가.

여기까지는 전생의 기억을 살려서 해냈다면, 당기재의 방식은 엄연히 현생에서 알아낸 방식이다.

기운을 이용해서 약효를 축적시키다니.

독을 위해서 만든 방식이라지만, 기운을 이용해서 거기까지 응용을 할 수 있을 거라곤 상상도 못 했던 운현이다.

일견 전생에서 있던 과학이라고 하는 걸 뛰어넘는, 진기가 가진 효능의 단면을 본 느낌!

'신세계로군……'

획기적이었다.

운현으로서는 새로 눈이 뜨이게 되는 느낌이었다.

기운을 응용하고, 사용할 수 있는 분야가 생각 이상으로 많다는 걸 또 새로이 알게 된 느낌이랄까.

'배워야겠어.'

당기재는 운현의 방식. 선천진기를 이용한 약초 혹은 독초 자체를 강화하는 방법을 포기했다.

아무리 봐도 선천진기를 기르는 거 자체가 지난한 일이기 때문.

하지만 운현은 정반대였다.

척 봐도 독공을 조금만 배우더라도, 독공이 독초를 이용해서 기운을 어찌 축적하는지의 원리를 조금만 알아도 될 만한 문제였다.

'지금까지 몰랐던 게 바보 같을 정도로군.'

굳이 당가의 비법을 뺏을 필요도 없었다.

흑점이 있지 않은가. 거기서 찾아보면 독공에 관련된 무공서가 없을 리가 없다.

돈이야 문제도 없는 상황이고, 그런 상황에서 독공 관련 무공서를 구하지 못할 리가 없다.

최고의 무공일 필요도 없었다.

그저 그런 독공이라고 하더라도, 그 기본만 알아내면 됐다.

그 뒤에 응용을 하고, 그 방식을 운현이 자신에게 맞게 발전만 시킨다면?

그때는 모든 약들이. 또한 운현이 만드는 모든 것들이.

'한층 더 강해지겠지.'

전보다 나아질 게 분명했다.

운현이 무공의 어떤 깨달음이 없는데도, 새로운 눈을 뜨게 된 느낌을 잔뜩 만끽하던 그 순간.

"다 된 거 같소."

"한번 또 시험해 보지요."

남은 역병 환자에게 사용해 볼 강화된 치료제가 만들어졌다.

그 결과?

실패할 수 있을 리가 있겠는가.

안 그래도 팔 할의 치료율을 가진 역병의 약을 더 강화시켜 보자고 할 뿐이었다.

어느 마을로 가서 실험을 해도.

'구 할은 좀 안 되지만, 그래도 팔 할은 넘어. 중간 정도인가.'

팔 할 오 푼 정도의 성과를 내보였다.

그 정도면 누가 뭐라고 해도 또 한 번 치료제가 강화되었다고 봐도 무방한 상태였다.

그리고 당장 그 모든 치료제들이.

"한번 죽어라 만들어 보지요."

"휴우…… 내 무덤 판 거 같소. 해 보지요."

동원할 수 있는 모든 인력들을 동원해서 만들어지기 시작했다.

그리고 퍼졌다. 매우 빠른 속도로.

＊　　　＊　　　＊

연구실 안.

당기재와 운현을 제외하고도 많은 자들이 오고 간다.

누군가는 다듬은 재료를 가지고 오고. 또 누군가는 운현과 당기재를 지원하고자 자리를 차지하고 있기도 했다.

약재 냄새가 가득하다.

연구실이라고 말했지만, 연구실이라기보다는 약재실이라고 하는 게 더 어울릴 정도였다.

하긴 무리도 아니다.

이들이 하는 일을 생각하면, 사실 연구실에서부터 시작해서 약재실이 다 되었다고 봐도 문제가 없을 정도다.

모두 열과 성의를 다해 만든다.

뭘? 약이다. 치료제.

내공을 잔뜩 사용해 가며 만드는 치료제다.

당기재나 운현 모두, 각자 다른 방식으로 내공을 사용해 치료제를 만들고 있다.

한참 집중을 하다가, 당기재가 허리를 들고서는 운현을 바라보며 묻는다.

"후우…… 아직이오?"

"오늘은 더 해야지요. 안 그래도 내일이면 또 오잖습니까. 약을 받으러."

"더 해야겠구려. 하아, 이거 참. 무덤을 팠소이다. 무덤을……."

하루 종일 다듬어지고 운현의 내공에 의해 강화가 된 약초를 다시 축적시키는 일을 하고 있는 당기재였다.

그것도 내공으로.

그러다 보니 나이치고는 내공이 많은 그였지만, 조금은 지쳐 보인다.

게다가 그가 열심히 약효를 축적시키고 또 축적시켜도 도무지 줄지를 않는다.

아직도 그의 앞에는 약초들이 산처럼 쌓여 있었다.

"줄지를 않는구려."

"어쩔 수 없지요, 하핫. 그래도 희망이 없는 거보다는 낫지 않습니까."

"그건 그렇소만. 후우……."

물론 당기재나 운현이나 약을 만들어 낸다는 것에 분명 희망은 어려 있었다.

그러나 한편으로는 기쁜 표정 아래에 가려진 지친 기색도 분명 보이기는 했다.

약을 만드는 일. 분명 같은 일의 반복이긴 하다.

그래도 힘이 빠질 수밖에 없다.

사람이 하는 일 중에서 가장 허무한 일이 같은 일의 반복이란 걸 생각하면 능히 알 만하지 않나.

그래도 성공률이라고 하는 게 그들이 일을 할 수 있도록 힘을 북돋아 준다.

'팔 점 오 할. 좋아. 아주 좋지.'

결코 낮은 성공률이 아니다.

이 정도라고 한다면, 명의 수준이 아닌 동네 의원 수준만 돼도 나머지를 보조할 수 있다.

정 힘들 경우에는 운현의 의명 의방 사람을 투입하면 됐다.

이번 역병에 있어서는 경험도 다량 쌓은 데다가, 다들 의욕만만이다.

의방을 이끌어 가는 운현이 직접 치료제를 만들고 명성을 쌓아주고 있는데, 의욕이 없을 리가 있겠는가.

없으면 그게 더 이상한 일이다.

다들 운현만큼은 아니더라도 이 기회로 명성을 쌓을 생각도 하고, 또 한편으로는 사람을 치료할 수 있다는 것에 기쁨을 느낄 준비가 되어 있었다.

명성을 올리고 싶다는 것. 사람이라면 누구나 갖고 있을 욕심.

여기에 운현이 고르고 골라서 의원으로서의 본질을 이해하고, 환자에게 의술을 베풀려 하는 모습.

이기심이라는 본능과 의원으로서의 사명감이 적당히 섞인 보기 좋은 모습이었다.

때로는 이기심이라고 하는 게 사람의 행동을 더욱 빠르고 효율적으로 움직이게 하는 걸 생각하면 되레 좋다 할 모습이었다.

해서 의원들만 보고 있노라면 보낼 만했다.

의욕에, 의술도 충분하니까.

걸리는 건 단 하나였다.

'보통이라면 보내지 않겠지.'

그동안 겪은 일이 문제.

운현이 직접 움직이면 움직였지, 사람을 보내는 것? 지금까지는 분명 위험했다.

의원들이 무공을 익히기 시작했다고 해도 상관없었다.

그들이 아무리 무공을 익혀봐야 삼류, 잘해야 이류다.

무공을 익힌 기간이 얼마 되지 않은 걸 생각하면 대단한 성과다.

하지만 무림 전체를 놓고 보면 삼류는 흔하디흔해서 아예 지천에 깔려 있다.

이류는 그나마 삼류보다는 낫지만, 무림에서 횡액을 당하기에는 딱 좋은 실력이다.

적당히 강해서야, 적당한 술수에도 죽을 수 있는 법이다.

운현처럼 자기 자신의 몸 정도는 보신할 만한 실력 정도가 있지 않고서야, 무리다.

그도 아니면 낭인들처럼 무림에 관한 경험, 어떤 상황에서 살아남을 수 있다 싶을 재간 하나 정도는 있어야 했다.

그러나 그런 게 있을 리가 없다.

황녀처럼 자신을 호위할 무사들이 있다면야 또 다르겠지만 역시 호위로 쓸 무사도 부족하다.

아무리 이통표국에서 사람들을 표사들을 꽤 데려왔다지만, 그래도 무슨 일이 생길지 또 모르는 걸 생각하면 무리다.

그래서 보통 때라면 그들을 보내지 않았을 것이었다. 하지만.

'상황이 좋아지긴 했다.'

영철의 명령으로 인해설까.

역병이 자연적인 것이 아닌 인위적인 것. 그러니 퍼트리는 자가 있다는 영철의 명령에 동창 무사들이 상당수 움직이고 있었다.

황녀의 호위무사인 그의 권한으로 움직일 만한 자들치고는 꽤 많은 수가 움직이고 있다.

동창이 상상 이상으로 협조적인 덕분이다.

책임 소재 때문.

동창이 뭘 하나?

작게는 황궁의 반역을 꾀하는 자들을 잡는 거지만, 크게 보면 중원 전체를 감시하고 보호하는 것이 그들의 일이었다.

어쨌거나 동창이라고 해도 황궁의 조직이고, 황궁에 속한 조직이라면 그 어떤 조직이라도 중원 보호는 당연한 일이다.

그런데 동창으로서도 역병이 인위적인 방법에 의해 퍼졌다면?

역병이 퍼지는 동안 동창 무사들이 뭘 했느냐에 대한 이야기가 나올 수 있음은 당연했다.

그러니 자연스레 누군가는 책임을 져야 하는 상황이다.

하지만 최대한 공이라도 세우면, 그 누군가 져야 할 책임이 조금은 작아진다.

공으로서 벌을 상쇄하는 거다.

그러니 그들은 영철이 바라는 것 이상으로 잘 움직여주고 있다.

덕분인지, 역병이 퍼지는 속도가 느려졌다. 인위적으로 퍼트리던 자들이 행동을 조심하고 있다는 소리다.

그러니 모순되게도 역병의 한가운데에서도 안전도는 올라갔다.

적당한 호위만 붙여도 의원들이 활동을 할 만할 토대가 만들어졌다고 할 수 있을 상황이었다.

아무리 역병을 퍼트린 자들이 대단하다고 하더라도 결국 대놓고 활동하지 못하니 나온 한계였다.

그걸 슬슬 이용할 때가 되었다.

상황이 좋게 흘러가니, 그걸 이용해서 더욱 좋게 만들어야 한다는 소리다.

'바로 하는 게 좋겠지.'

상황을 가늠한 운현.

*   *   *

그는 그날 만들 약을 모두 만들고서는 당장에 그날 하루의 치료를 끝낸 의방 의원들을 불러 모았다.

근래에 있어서 운현은 치료제를 만드는 데만 집중을 했던 터.

뭔가 집중을 할 때는 다른 일에는 전혀 관여치 않는 성격의 운현 아니었나.

그런 그가 치료제를 만드는 일이 끝나지 않았음에도 불러 모은 상황.

상황이 그렇다 보니 임시로 있는 거처에 불려 모아진 의원들의 얼굴에는 하나같은 표정이 만들어져 있었다.

궁금증.

운현이 대체 무슨 일로 불렀는가에 대한 궁금증이었다.

다들 두런두런 이야기를 해 본다.

대체 무슨 일일는지. 지금의 치료제에 생각지도 못했던 문제가 있는 건지. 그도 아니면 또 무슨 일이 일어난 건 아닌지 그런 이야기들이다.

이들도 많은 상황을 겪어 왔던 터.

부정적인 사람들은 아니지만, 상황이 또 안 좋아지는 건 아닌가 걱정 아닌 걱정을 한다.

그동안의 경험 때문이니 어쩔 수 없는 일이기도 하다.

"오시는군."

그때 의원들 중에 하나가 인기척을 느낀다.

슬슬 도착한 운현이 인기척을 낸 것을 느낀 게다.

전에는 없던 모습이다. 운현만큼은 아니더라도 무공을 익혀서 감이 좋아진 덕에 나오는 장면이었다.

덕분에 편하게 분위기가 잡힌다.

"큼큼……."

"다들 잘 앉지."

풀어졌던 분위기가 대번에 고쳐진다. 딱히 말을 할 필요도 없이 절로 분위기가 잡힌다.

사람을 이끌어가는 입장인 운현에서는 참으로 편한 부분이었다.

'무공을 가르치니 이런 효과라…….'

전혀 생각지도 못한 작은 효과였다.

그 효과를 느끼면서 운현이 들어가 가장 상석에 앉는다.

적당히 치하를 한다.

그동안 치료를 위해서 노력을 했던 부분. 환자들을 성실히 보살핀 부분. 그러한 것들에 대한 적당한 덕담들.

작은 일이고, 누군가에게는 별거 아닐 수 있는 이야기지만 의원들 입장에서는 달랐다.

다른 이들도 아니고 운현 아닌가.

그들을 이끌어 주고, 또 다른 한편으로는 새로운 경지에 갈 수 있도록 보살펴 주는 자다.

그런 이의 덕담이라고 하는 건 많은 의미로 그들을 고무시키는 효과가 있었다.

'적당히 분위기가 잡힌 건가.'

좋은 분위기.

운현이 적당히 분위기가 잡혔다 생각하자, 이런 저런 이야기를 꺼내다가 주제를 바꾼다.

"슬슬 움직일 때가 된 듯하네."

"움직일 때라고 하심은?"

생각한 바를 말한다. 그 말에 의원들의 표정은 가지각색으로 변한다.

누군가는 예상을 했었던 건지, 올 것이 왔다는 표정. 또 다른 누군가는 전혀 생각지도 못한 걸 들었다는 표정이다.

그래도 하나같이 공통된 표정이라고 하면 하나.

기대감.

의욕만만인 그들로서는 멀리 나가 사람을 치료한다는 행위가 꽤 큰 기쁨이 될 수 있는 행위였던 덕분이다.

의원으로서의 사명감이 큰 그들이니, 새로이 나가 치료를 할 수 있다는 것에 대한 기대가 다들 어려 있었다.

운현이 그런 그들의 기대에 확답하듯 고개를 끄덕인다.

"치료제를 가지고 가는 동창 무사들을 각자 따라가도록 하게나."

"저희가 가도 괜찮겠습니까?"

"아무렴. 괜찮네. 당장에 움직이도록 하게나. 표국 무사들이나 의방 무사들이 각자 붙을 걸세."

"그래도 부족할 수 있습니다."

사람 하나에 호위 하나. 이걸로는 호위가 힘들다. 의원 하나당 몇씩은 붙어야 한다. 그래야만 제대로 된 호위가 될 수 있다.

'그 부분은 따로 이야기를 해 봐야겠지.'

운현도 이 부분은 생각해 놓은 바가 몇 개 있었다.

일안으로 안 되면, 이안. 이안으로 안 되면 삼안까지 있을 정도였다.

그렇기에 자신만만하게 이야기를 한다.

"부족한 부분은 내 따로 이야기를 해 볼 걸세."

"그러시다면 저희는 당장 채비를 하도록 하겠습니다."

"그러도록 하게나."

운현의 그늘 아래에만 있던 의방의 의원들이, 그늘에서 벗어나 날개를 펼 준비를 했다.

第五章
날개를 펴다

조금씩 이동은 하지만 빠른 속도는 아니다.

대신에 빠른 속도로 이동을 하는 것은 약이다.

동창 무사들이 가지고서 움직이기 시작하는 약이 퍼지는 것으로도 꽤 많은 호전을 보일 수 있었다.

여기서 더 나아가기 위해서 의원들이 움직이기로 하지 않았다.

바쁜 와중에서도 운현은 자신의 할 일을 했다.

하나의 약을 만드는 것보다는 그 시간에 한 명의 사람을 더 설득하러 간 거다.

"무슨 일인가?"

"이야기 좀 하고자 해서 왔습니다."

"이야기라. 내 신의의 이야기인데 못 할 게 있겠나. 편히 말해 보게나."

영철이었다.

황녀에게도 별다른 일이 없는 터에, 역병도 호전을 보이는 상황.

황녀 주변에 있던 의선문의 의원들이 황녀를 어찌할 수 있는 것도 아닌지라 걱정거리가 더 생길 것도 없었다.

덕분인지 영철의 표정에는 피로한 와중에서도 한 줄기의 기쁨이 엿보였다.

운현이 나서 역병을 낫게 하기 시작하고 표정에 희망이 깃들었다면.

시간이 지나서 그 역병을 치료하는 치료제까지 나오게 되자 희망이 기쁨으로 변화한 게다.

처음의 상황을 생각해 보면 그 기쁨이라고 하는 건 확실히 좋은 징조였다.

'말을 하기도 편하겠어.'

덕분에 부탁을 해야 하는 운현으로서도 말을 하기 편해진 상황이었다.

처음 영철의 임시 집무실을 들어설 때에 약간은 긴장했던 마음을 버려도 되겠다 싶어선지, 운현도 표정을 편히 풀었다.

그리곤.

"동창 무사들이 바쁜 것은 압니다만…… 몇 동원해 주실 수 있습니까?"

자신의 용건을 꺼낸다.

의명 의방의 호위무사들로서는 사람이 부족하게 되니 호위를 부탁한다는 이야기였다.

다른 이도 아닌 동창의 무사들인지라, 무력이 떨어질 일도 없을 터.

막상 받아주기만 한다면 이만한 전력은 또 없을 게 분명했다. 해서 영철에게 부탁을 하는 거기도 했다.

영철은 운현의 그런 말들을 하나하나 새기듯 들었다.

운현의 말을 경청하는 그의 모습에는 분명 운현에 대한 존중이 엿보일 정도였다.

그리곤 운현의 말이 끝나자마자.

"그 정도쯤은 당연히 해야 하는 것이 아닌가. 충분히 해줄 수 있네."

"감사합니다."

"당장에라도 몇은 출발을 해도 되네. 더 필요하면 말만 하게나. 내 바로 황녀 전하께 상신을 올리겠으니."

"그 정도까지 해 주신다면야 더 바랄 것도 없습니다."

황녀에게 말을 해서라도 동창 무사들을 동원해 주겠다는 영철의 말을 냉큼 받고 보는 운현이었다.

'더 많이 호위를 붙일 수 있게 되겠군.'

안 그래도 동창 무사들이 치료제를 나르느라 바쁜 터다.

인력이 무한도 아니고 여기서 동원할 수 있는 동창 무사라고 해야 당장은 적은 수가 될 수밖에 없었다.

그러니 영철도 몇은 당장 출발이 된다고 했어도, 모두라고는 말하지 않았겠지.

다만 황녀가 나서준다면 다르다.

충분히 많은 수가 동원될 수 있을 거다.

운현이 역병을 치료해 주고 있다는 것에 기꺼워하고 있는 황실에서도 흔쾌히 내어줄 분명했다.

바라고도 남는 바다. 그래서 냉큼 받아들였다.

허나 영철로서는 운현이 이렇게 냉큼 받아들이는 게 또 의외였던 듯하다.

괜스레 놀라는 표정을 지으면서 한 번 되물어 본다.

"하핫. 거절은 하지 않는군?"

"제 사람들을 위한 일 아닙니까. 당연히 거절은 하지 않지요."

"자기 사람들을 위한 일이라…… 그도 그러하군. 내 가장 먼저 이 일부터 상신을 올리도록 하겠네."

"부탁드리지요."

"아무렴!"

운현의 말을 바로 따라 줄 생각인 건지, 그는 잠시 놓았던 지필묵을 다시 들었다.

그리고서는 바로 상신을 쓰려는 듯 휘갈기려 하고 있었다.

'슬슬 나갈 참인가.'

직접적인 축객령이 있는 것도 아니지만, 영철의 특성상 적당히 물러가라 하는 뜻이 될 수도 있었다.

해서 운현이 슬슬 벗어나 나가려는 찰나.

"신의. 잠시만."

"예?"

그를 부르는 소리가 있었다. 당연히 그 주인공은 영철이다.

슬쩍 몸을 일으키려 하던 운현은 엉거주춤한 자세로 있다가, 다시 자리를 잡았다.

곱게 만들어진 화선지에 얼굴을 박았던 영철이 다시 고개를 들고서 말한다.

"미안하게 되었군. 내 상신을 올린다는 생각만 하고는, 말해야 할 것을 잊고 있었어."

"무엇입니까?"

언제나 예상치 못했던 일이라고 하는 건 발생할 수 있는 법.

'뭐지. 흠…….'

운현으로서는 영철이 이 상황에 자신에게 무언가를 부탁할 거라곤 생각도 못 하고 있었다.

당장 운현이 치료제를 만드느라 바쁜 것을 충분히 알고 있을 만한 영철이기 때문이다.

가장 중요한 건 역병의 근본적인 원인을 해결하는 거겠지만, 그 이전에 이 막돼먹은 현상인 역병부터 처리해야 했다.

당장은 역병이 퍼지는 속도가 느려지기도 했으니, 할 수 있는 생각이기도 했다.

하지만 영철의 생각은 조금은 다른 듯도 했다.

"의원들을 보내고, 치료제가 쌓이게 되면 그 다음도 생각해 봐야 하지 않겠는가?"

"그렇지요."

"내 염치가 없지만, 자네만 한 자도 또 없을 듯해서 말일세. 아니, 솔직히 자네밖에 없지."

이번에는 영철이 운현보다 좀 더 빠르게 나설 생각인 듯했다.

그렇게 운현은 한참을 영철과 함께 이야기를 나누다가 나왔다.

의원들에게 붙여 줄 호위 무사에 대한 이야기가 아니라, 다른 주제로 이야기를 나눴음은 당장은 영철과 운현 둘밖에 모르는 상황이었다.

'빠르게 준비를 해야겠군.'

*   *   *

운현이 준비를 하는 동안 시일은 꽤 급히 흘러갔다.

가장 특급으로 상신을 전해 받은 황녀가 답신을 남겨 주기에는 충분한 시간이 지났을 정도였다.

그 서신이 당도하기 직전까지 운현은?

"으으…… 때려 죽여도 못하겠소이다."

"그래도 해야 합니다. 이 손짓 한 번에 한 사람의 목숨이 달렸다 생각하시지요."

"으아, 그건 압니다만은. 알겠소. 그렇게 쳐다보지 마시오! 내 어서 하겠으니."

"하하. 바로 그런 자세입니다."

"신의가 아니라 악귀요 악귀. 내 어디 가서 이런 말을 하면 돌팔매질을 당하겠지만…… 크흐."

죽도록 힘들겠다고 하는 당기재를 달래가면서 약 제조에 열을 올렸다.

하기는 그가 이러는 것도 이해는 간다.

'처음이겠지.'

당가의 직계인 당기재 아닌가.

그로서는 무공에 뼈를 깎는 고련은 해 봤을지언정, 이런 일은 해 보지도 못했을 거다.

게다가 이 상황 자체가 그가 원해서 하는 상황이라고 하기에도 뭐했다.

반쯤은 떠밀리듯 하는 상황이니 그가 힘든 것도 이해는 간다.

반대로 설사 자신이 원해서 했다고 하더라도, 그건 그거대로도 적응이 쉽지는 않았을 거다.

'이래저래 어려운 일이니까.'

쉼 없이 일만 하는 것. 하염없이 노가다에 가까운 이런 일을 진행하는 건 고역일 수밖에 없으니!

그가 이러는 것도 이해는 해 줘야 했다.

운현도 그동안 쌓아 온 여러 경험과 노력들이 없었더라면 당기재처럼 앓는 소리를 하고 있을지도 또 모르는 일이다.

"계속하지요."

"크흐…… 알겠소이다."

그렇게 시간이 흘러가고 또 흘러가.

"황명이오!"

작성은 황녀가 했을 것이 분명하나, 황실의 전폭적인 협조를 받고 있는 그녀이기에 황제의 이름을 빌린 명이 내려왔다.

＊　　　＊　　　＊

황녀는 과연 철두철미했다.

서신을 보내면서 동시에 동창 무사들을 동원하기 시작한 듯하다.

영철이 데리고 다니던 황궁 무사들과 동창 무사들만 하더라도 그 수가 꽤 됐는데,

"많군."

여기 온 자들은 운현의 말마따나 그 이상으로 수가 많았다.

아무리 황녀라고 하더라도 이 정도의 숫자를 동원해 내다니.

단기간에 이 정도를 동원해냈다는 것을 생각하면, 그녀도 꽤 바삐 움직였을 것이 분명하다.

여기에 그녀가 의선문 의원들의 문제로 골머리를 앓고 있다는 점도 생각을 해 본다면?

바삐 움직여야 할 그녀로서도 꽤 고생을 해 가면서 일을

진행한 것이 분명하다.

그 결과가 바로 눈앞의 이들이다.

"동창 제독님의 열과 성을 다해서 도우라는 말씀을 듣고 왔소이다."

"고맙구려. 일단은 들게나."

공식적인 움직임이어서 그런지, 무복과 예복을 반쯤 섞어 놓은 듯한 옷을 입고 온 동창의 무사들.

그들은 그 화려함에 어울릴 만큼의 풍채와 위압감을 충분히 가지고 있었다.

하나라도 부족한 사람이 있어 보일 법한데, 고르고 골라서 온 자들인 건지 그런 자는 단 하나도 끼어 있지 않았다.

"정예인가 보오."

"그런 거 같습니다."

운현과 함께 치료제를 만들다 말고, 다가온 당기재의 말마따나 정예들이 분명하다.

아마 황실을 지켜야 할 최정예를 제외하고는 저들이 외부에서 활동하는 자들 중에서는 가장 쳐주는 자들이겠지.

'실력은 죄다 일류인가. 절정 사이도 몇 있군…… . 역시 황실인가.'

말이 쉬워 일류고 절정 사이다.

운현이 절정에 가기까지 걸렸던 시간을 생각해 보면 답이 나오지 않는가.

일류에 가는 것도 무림에서 쳐주는 경지다.

제대로 무공을 익히지 못한 낭인 무사들이 평생 일류에도 제대로 발을 디디지 못하는 걸 생각하면 답은 나올 거다.

저들 나름 모두 한 수씩은 한다는 소리다.

일인무적은 못되더라도, 저 정도 되면 일당백씩은 하는 사람들인 것이다.

그런 자들이 함께 움직이니, 일대에 소란이 일 정도였다.

그 모습을 보면서 당기재는 첨언을 했다.

"확실히 신경을 써줬구려. 좋군. 움직일 시간이 빨라지겠어."

말을 하는 그의 모습이 자못 진지하기만 했다.

하지만 당기재와 한참을 붙어 있었던 운현으로서는 그의 속내를 내심 짐작을 할 수가 있었다.

'확실히 지쳤나 보네.'

약초만 만드는 것에 지쳤음이 분명하다.

"빨리 움직이고 싶으신가 봅니다? 치료제를 다 만들려면 아직 한참이나 남았는데도요."

"허허이. 알지요, 알아. 그냥 해 본 소리 아니겠소?"

"그냥 해 본 소리치고는 너무 진심이 담겨 있으신지라……."

적당한 놀림이자 농. 그 놀림에 당기재가 짐짓 못 이긴 척을 한다.

"……칫. 알겠소이다. 어서 들어가서 약이나 만듭시다!"

"그러죠. 하핫."

다시 또 변화가 시작된다.

*   *   *

동창의 무사들은 운현의 생각보다도 서둘렀다.

동창 제독이 직접 명령을 내려서거나, 눈치껏 상황을 봐서 행동을 하는 걸지도 몰랐다.

어느 쪽이든 간에 운현으로서는 환영을 하는 바였다.

'치료에 보탬이 되겠지.'

저들이 빠르게 움직이면 움직여 줄수록 상황이 좋아질 것이니 환영치 않으면 그게 더 이상했다.

삼삼오오 조가 만들어진다.

본래부터 십 인이 일조로 움직이는 게 동창이다. 이번에도 이것은 그대로 적용이 됐다.

의원이 둘씩 움직이고, 동창의 조 하나가 붙는 게 기본이 됐다.

좀 큰 마을을 가야 하는 경우에는 의원 셋이 붙게 되었는데 이때는 동창이 맞춰서 조를 쪼개줬다.

조를 유지해야 한다면서 쓸데없이 자존심을 부리거나 하는 자는 전혀 없었다.

상당히 효율적이면서도 빠르게 움직이는 동창만이 있을 뿐이었다.

조가 붙자마자 바로 움직였다. 더 시간을 끌 것도 없었다.

"모두 잘하고 오게."

"여부가 있겠습니까. 신의님, 그럼 다녀오겠습니다!"

매일 매일 조가 만들어져서 떠나갔다.

"싹 다 치료하고 오지요!"

"열심히 하고 오겠습니다!"

어떤 때는 하루에 몇 조가 떠나갈 때도 있었다. 아니면 몇 개 조가 한 번에 붙어서 가거나.

나중에 따로 떨어져서 치료를 하든 어쩌든 간에 꽤 많이 찢어져서 움직이게 됐다.

그들 중에는 의방의 무사들도 포함이 됐다.

동창의 무사들이 호위를 한다고 했지만, 일부는 의방 무사들만으로 이뤄진 경호 조도 분명 있었다.

"낭인으로 굴러먹다 보니 이곳 지리도 빠삭합니다."

개중에서는 경험을 살리는 자도 있었고. 또 누군가는.

"떨어지기 뭐하지 않습니까. 저희도 저희 밥값을 해야지요."

그동안 의명 의방에서 받은 게 있으니, 자신들도 최선을 다하겠다 말했다.

여러 이유를 가지고 움직이는 그들의 눈빛에는 분명 사명감이 가득했다.

역병을 치료하겠다는 사명감을 가진 자도 있었고, 다른 누구의 말과 같이 그동안 받은 밥값은 해내겠다는 자도 분명 있었다.

'그 이유가 무슨 상관이겠나. 뜻만 좋으면 됐지.'

하기는 지금 상황에서는 그런 게 중요한 건 아니었다.

다들 좋은 뜻을 가지고 움직이기 시작했다.

동창 무사들이 오게 됨으로써 완벽하게 날개를 펴서 퍼져 나가기 시작한 거다.

의명 의방의 이름으로. 널리.

"……다녀오겠습니다."

"예. 마지막이로군요. 잘 부탁합니다."

"예! 잘해 낼 겁니다!"

그리고 마지막 의원 하나.

시커멓게 있었을 머리가 하얗게 세어 버렸지만, 여전히 열의만큼은 젊은 의원들 못지않은 자가 떠나간다.

동창 무사들의 지원을 받은 그는 개선장군이라도 되는 듯 역병이 일어난 곳을 향해 힘차게 걸음을 내디뎠다.

그 모습을 운현이 한참을 바라보는데도 계속해서 가는 그의 발길은 힘차기만 했다.

"휴우…… 정말로 다 보냈군."

자기 품에 있던 아이를 보내는 부모의 마음이 이럴까.

부모라고 하기에는 마지막으로 간 의원이 운현보다 나이가 훨씬 많기는 했다.

하지만 사람 마음이라고 하는 게 있지 않은가.

저들은 역병을 치료하기 위해 나섰고, 치료제가 있으니 그들이 되레 역병에 당할 일은 적었다.

호위라고 천하의 동창 무사 일개 조를 붙여놨으니 문제가 있을 확률은 아주 적었다.

말이 일개 조이지, 각각의 동창 무사들은 조마다 긴밀하게 연락을 취하기로 이미 이야기가 돼 있었다.

각자 필요한 곳에 지원을 갈 자들도 따로 있는지라 호위는 아주 준비 만반인 상태였다.

하지만 마음이란 게.

'이상하구나…….'

괜히 싱숭생숭한 운현이었다.

항상 품에만 품듯이 데리고 있던 의원들 아닌가. 호위라고 했지만 무사들도 그런 편이었다.

그런 자들을 품에 두고 금이야 옥이야 키웠달까.

지금이야 어디 가서 부족함이 없을 자들이지만 처음 왔을 때만 하더라도 아니지 않았는가.

의욕도 충분히 있고, 그 정신은 고매하다고 하더라도 실력이 안 좋은 자들도 분명 다수 있었다.

그런 자들을 애써 키워서, 이제는 실전이나 다름없는 역병의 한가운데에 보냈으니!

나이를 떠나서, 아이를 타지에 보내는 부모의 마음이 드는 것도 어쩌면 자연스러운 일이었을지도 몰랐다.

"정말로 다 갔군. 처음 출발을 할 때는 꽤 많았는데……."

"그러게요. 정말 다 갔네요. 후후. 괜찮으세요?"

괜찮냐라.

의방에서 꽤 오래 함께해 왔던 제갈소화여서 그럴까.

그녀는 운현의 마음을 반쯤은 눈치채고 있는 듯했다. 하여간에 현명한 여인이다.

"안 괜찮을 게 뭐겠습니까. 음…… 조금은 신경 쓰이긴 하는군요."

"괜찮을 거예요. 저들이 누구 품에 있었는데요."

"휴우. 그러길 빌어야지요."

운현으로서는 정말로 괜찮기만을 빌 뿐이었다.

괜찮지 않다면, 설마 그들에게 무슨 일이 생긴다면 그때는.

'어찌 변할는지 모르지.'

지금까지와는 다르게 될 거다.

그게 이유가 무엇이든, 그 누가 건들었든 간에 상관없다.

의명 의방이라는 이름 아래에 뭉친 저들은 자신에게 있어서 피붙이와도 같은 자들이니까.

어떤 식으로든 받은 만큼 돌려 줄 것이다.

다만 그런 일이 안 일어나기를 바랄 뿐이랄까.

'절대로 일어나면 안 될 일이지.'

진심으로 그리 생각하며 운현은 울적해져 가는 마음을 다잡았다.

지금은 울적해질 때도, 우울해질 때도 아녔다. 저들을 보냈으니 다시금 그도 준비를 해야 할 때였다.

"일단은 들어가 보지요."

"예!"

*   *   *

당기재가 조심스럽게 입을 연다.

"이 정도면 충분하지 않겠소?"

"흠…… 그럴는지…….."

운현은 그의 조심스러운 말투와는 다르게 염려가 담겨 있었다.

당기재의 말마따나 약재 아니 치료제가 쌓여 있기는 했다.

약재를 운현이 강화하고, 당기재가 약효를 축적해서 강화시켜 만든 치료제들이다.

재료를 손질해 줘야 할 의원들이 떠나서 잠시 동안은 생산력이 떨어졌었지만, 그마저도 영철의 도움으로 다시 끌어올렸다.

그가 약초 손질을 도와줘서가 아니라, 약초를 손질할 자들을 구해 와 준 덕분이었다.

해서 그 결과로 눈앞에 치료제들이 쌓여 있는 거다.

이것뿐만이 아니라 그동안 동창 무사들이 쉼 없이 움직이면서 치료제들을 들어 날랐지 않은가.

약재 자체가 무슨 황금처럼 무거운 것도 아니고, 동창 무사들 모두 무공을 배운 무림인이다.

어지간히 많은 양을 한 번에 나를 수 있었다는 소리다.

그러니 이곳에 쌓인 걸 제외하고도 어마어마한 양이 있다는 소리!

"이걸로도 부족할 리가 없잖소. 당장 하남은 어찌 되겠지! 그리고 시간이 많지는 않소."

"흐음……."

당기재가 이제는 볼멘소리 정도가 아니라, 약간은 흥분을 하는 것도 이해는 할 만한 대목이었다.

하기는 그도 워낙 많이 참았는가.

치료제에 운현의 노력도 들어갔지만, 당기재의 애씀도 들어간 걸 생각하면 그가 흥분을 하는 건 누가 뭐라 안 할 거다.

다만 너무 흥분하는 건 너무 좋지 못하단 걸 딱 보여 줬달까?

흥분을 해서 얼굴까지 벌게져 버린 그.

이제는 이 지긋지긋해지기까지 한 연구소에서 벗어나고 싶은 그가 실언을 해 버렸다.

"이제 그만 가지요. 이거면 됐습니다. 정 부족하면 재료 들고 다니면서 만들면 되지 않습니까? 속도는 늦어도 그거면 되지 않겠소?"

짜악!

운현이 기다렸다는 듯 양 손바닥을 짝 하고 친다.

"그거 좋겠구려!"

"맞소? 맞지 않소? 어? 어…… 그러니까…… 내 말은 그게 아니고."

뒤늦게서야 자신이 실언을 했다는 걸 눈치챈 당기재.

그의 일차 목적은 분명 연구소를 나가는 거겠지만, 더 근

원적으로 보자면 치료제를 그만 만들었으면 하는 거다. 질렸달까.

약효를 축적시키다 보니.

'기는 더 잘 움직일 수 있게 되었지…….'

전보다 기의 수발이 늘어나면서 많은 도움이 되기는 했다. 그래도 그게 어디 하루 이틀인가.

너무 많이 애썼다. 해서 나가자고 한 게 이런 실언으로 나올 줄이야.

운현은 그의 실언을 대뜸 잡아챘다. 얄미워도 어쩔 수 없었다.

"그 말씀대로 하면 되겠습니다. 생각해 보니 꼭 연구실에만 목을 맬 필요가 없지요."

"크으……."

"왜요? 혹시 약을 만드는 게 싫으시다거나…….."

"그럴 리가 있겠소이까!"

여기까지 어떻게 해 왔는데!

이제 와서 약을 만들기 힘들다고 내빼는 것도 문제였다. 그러니.

'이 당 모가…… 여기 와서 당할 걸 다 당하는구나.'

어마어마한 노동력 착취에도 어쩔 수 없이 쓴 웃음을 삼키면서 하겠다고 말할 수밖에 더 있겠는가.

서글픔을 삼키면서도, 지금 이 순간만큼은 자신이 을이로 구나 하면서 어쩔 수 없이 실언을 받아들일 뿐이었다.

남아일언중천금이라고.

당가의 자식이나 되어서까지 실언을 내뱉었다고 그냥 삼킬 수는 없었다.

죽을상을 하다가 체념을 하는 당기재.

"……어쩔 수 없지요. 열심히 하겠소이다."

"그 자세 좋습니다!"

그런 당기재의 표정 변화를 가만 살피는 운현.

'의외로 놀리는 맛이 있다니까.'

그로서는 당기재가 일종의 고생 끝에 찾은 낙(?) 같은 것이랄까.

작업을 하는 것은 그도 힘들긴 하지만, 저런 당기재의 모습을 보고 있노라면 일할 맛이 쏠쏠하게 나는 것도 사실이었다.

그렇다고.

'너무 굴릴 수는 없지.'

전생의 을(乙)들처럼 굴릴 수는 없지 않은가.

자신이 갑의 상황이라고 해서 을을 미친 듯이 굴리는 것은 짐승들이나 할 일이었다.

자신까지. 그리고 다음 생을 살면서까지 꼭 그럴 수만은 없는 운현이었다.

당기재의 말마따나 조금은 치료제에 조금은 여유가 생긴 것도 이유라면 이유였다.

당기재도 애썼으니 적당히 보상은 해 줘야 했다.

"너무 걱정은 마시지요. 그리고 가면서도 그리 힘들게는 만들지 않을 겁니다."

"……믿어는 보겠습니다."

"그리고 이것."

"뭡니까?"

품에서 무언가를 내미는 운현이었다.

第六章
조삼모사(朝三暮四)

운현이 함을 열어 준다.

"오오."

함에서 나온 것은 영약.

빠르게 만드는 데만 치중을 하느라 금박이라고는 입히기도 힘들고, 모양만 보면 쓴 약이라고만 느껴지던 역병 치료제와는 전혀 다른 모습이었다.

확실히 영약은 영약이라고 그 알싸한 향에 실언으로 정신이 아득해져 가던 당기재가 제정신을 찾아갈 정도였다.

"이게 뭡니까?"

손으로 함을 받아드는 건 잊지 않고서, 잘도 묻는 당기재였다.

"아시잖습니까. 영약입니다. 나름 잘 만들어 뒀던 거지요."

"오! 신의님이 직접 만드신 겁니까!?"

"나름입니다. 그리 대단한 건 아닙니다."

"허어…… 무려 신의님이 만드신 건데요! 그럴 리가요!"

영약. 아니 내공이라고 하면 환장을 하는 게 무림인이다.

당기재도 무림인. 그러니 내공을 주는 영약에 환장을 하는 건 당연한 이야기였다.

'독공을 익혔으니 효율성은 떨어지려나. 아닐지도 모르겠고.'

이름도 없는 영약.

그가 아직 완성하지 못했기에 이름도 지어지지 않은 영약이다.

선천진기를 이용해서 무지막지하게 약력은 올렸지만, 생각보다는 못 했달까.

그래도 내공을 십오 년 정도는 높여주는 영약이었다.

이 영약에 들어가는 재료가 영약을 만드는 재료치고는 그리 대단치 않은 것들이라는 걸 감안하면 어마어마한 영약이랄까.

운현으로서는 내심 마음에 차지 않는 영약이지만.

"……그리 대단한 건 아닙니다. 그러나 설명대로만 복용하면 효과는 좀 있을 겁니다."

"이게 대단하지 않다뇨! 이 정도면 충분하고도 남습니다! 아니 생각 이상입니다!"

당기재로서는 그것만으로도 상당히 마음에 든 듯했다.

마치 햇살에 눈이 녹듯이, 그동안에 쌓아 놓았던 피로가 다 풀어지는 듯한 표정이었다.

얼마 전까지만 하더라도 우울이 도져 있었더라면 지금은 기쁜 기색이 완연했다.

그 빠른 감정 변화라니.

완전 조증과 같은 모습이지만, 운현으로서는.

'역시 영약은 영약이로구나……'

내심 영약이 무림인에게 주는 효과가 대단함을 다시 깨달을 뿐이었다.

그동안이야 성과급으로 영약을 주기는 줬었다. 표국 무사들에게도 그러했고, 의방의 무사들에게도 그러했다.

하지만 직접적으로 배급을 한 지는 꽤 오래된 일.

영약을 받고 좋아하는 모습을 막상 자주 보지는 못했달까.

가끔 아버지에게는 뇌물 아닌 뇌물로 쓰기야 했지만, 그 정도였다.

지금 당기재처럼 극적인 효과는 없었다.

"크흠…… 향도 좋구려."

체통은 어디다가 버려둔 건지, 알싸한 향을 열심히 맡기도 하고. 또 즐기기도 하는 그는.

'강아지인가…….'

그래. 마치 주인이 준 맛있는 간식을 입에 문 강아지의 모습과 별반 다르지 않을 정도였다.

영약이 아무리 다다익선이라지만 지금의 당기재는 좀 심했다.

'많이 못 받은 건가.'

직계라고 들었는데, 의외로 영약을 많이 못 받은 게 아닌가 싶을 정도였다.

실상은 흔하지 않게 풀리는 운현의 영약을 받았기에 그러한 것이긴 했지만, 거기까지는 눈치를 못 챈 운현이었다.

역병의 한가운데에 있어서다.

자신의 명성이 꽤 된다는 건 알지만, 어느 정도인지는 아직 실감하지 못해서랄까?

나중에 가서 그의 명성이 어느 정도인지 깨닫는다면, 천하의 신의가 직접 만들어 준 영약이 어떤 의미인지 대충은 알게 되겠지.

"호오…… 크흡……."

어쨌거나, 꽤나 상상 이상으로 좋아하는 당기재를 계속

보고 있자니.

'바로 데려가기는 뭐하군.'

당기재의 말마따나 다른 곳으로 어서 움직여야 할 참이지만, 바로 움직이자고 하기가 참으로 뭐했다.

당기재의 지금 기세를 보자면 당장 앉아서 가부좌를 틀고 영약을 흡수해도 모자랄 판이었기 때문이었다.

그렇기에 운현은.

"잠시 황궁 무사분들과 이야기를 나누고 올 테니 흡수하고 계시겠습니까?"

"호오. 그래도 되겠소이까?"

당장 같이 움직여야 함에도 다른 제안을 할 수밖에 없었다.

그 제안을 뒤도 생각하지 않고 순순히 받는 당기재였다.

영약 앞에서 완전히 미친 듯하다.

'어쩔 수 없나.'

그런 당기재를 보면서 운현으로서는.

"같이 가면 좋겠습니다만은…… 아닙니다. 그냥 혼자 다녀오지요. 어차피 확인일 뿐 아닙니까."

"그럼 부탁하겠소이다!"

그저 그대로 두고 움직일 수밖에는 달리 수가 없었다.

	*	*	*

	"하 참······ 영약이란······."

	운현의 기감에 느껴지는 바가 컸다.

	바로 뒤에서 느껴진다.

	기파의 변화랄까?

	운현이 연구실에서 나서자마자, 영약을 흡수하기 시작하
는 당기재의 기운이 느껴지는데 그 기운이 퍽 대단했다.

	기감으로 기운의 주인인 당기재의 들뜬 기색과 흥분이 잔
뜩 느껴질 정도였다.

	새삼 영약의 대단함을 느끼면서, 운현이 걸음을 옮겼다.

	그 목적지야 당기재에게 말한 대로 황실 무사들이 있는
별채였다.

	*	*	*

	"오셨습니까? 바로 뫼시겠습니다."

	운현이 다가가자 별채 앞을 지키고 있던 황궁 무사 하나
가 말 그대로 바로 나서서 안내한다.

	운현의 일거수일투족을 처음부터 봐 와서인지, 그의 모습
에는 운현에 대한 존중을 넘어 존경이 담겨 있었다.

나이를 떠나 운현의 대단함이 얼마나 되는지를 직접 겪은 덕분이다.

굳이 그만이 아니더라도, 이곳에 있는 자들의 다수는 운현에게 존경을 표하는 것을 부끄러워하지 않기는 했다.

처음에야 그런 그들의 태도가 생각 이상으로 어색했던 운현.

하지만 지금에 이르러서는 적당히 적응을 한 운현이기도 했다.

지금만 하더라도, 아주 정중히 안내하려고 하는 황궁 무사의 정성을 적당히 받으며 자기 용무를 물을 줄을 알았다.

"다른 분들은 왔습니까?"

"이미 오래 전에 오셨었습니다. 이 각 정도는 됐습니다."

"생각보다 빨리 왔군요?"

"영철 어르신께서 먼저 부른 것으로 알고 있습니다."

"흠…… 그렇군요. 감사합니다."

"아닙니다. 이 정도쯤이야 언제든 물어주시지요. 자아, 이쪽으로."

이제는 말하지 않은 정보도 잘도 알려준다.

영철이 먼저 부른 것은 어찌 보면 굳이 말해 주지 않아도 될 일인데도, 뭐 하나라도 더 알려주거나 도움을 주려 하는 무사였다.

'호의지.'

그 호의를 잘 받아서는.

"여깁니다."

"감사합니다."

"아니, 아닙니다! 하하."

안으로 들어서는 운현이었다.

별채 안.

영철이 머무르는 만큼 그 분위기도 영철을 닮아간 별채는 정갈하기만 했다.

"허허. 왔는가?"

"오셨어요?"

"……."

그 안에 오늘 봐야 할 자들 셋이 전부 있었다.

제갈소화, 남궁미, 영철. 그 셋이 전부 주인공이다.

거기에 운현이 꼈다.

내심 기다리고 있었던 건지. 영철이 물어 온다.

"당가의 소협은 오지 않는가?"

"작은 일이 생겼습니다."

"흐음…… 그런가. 그럴 수도 있겠지."

그로서는 이 자리에 당기재가 오지 않은 게 꽤 의외인 듯

했다. 하지만.

"그럼 바로 본론으로 넘어가 보지. 시간도 많지 않으니."

"그게 좋을 듯합니다."

의외로 별 말을 않고서 넘어갔다.

황궁 무사치고는 경험이 많아설까.

명분보다는 실리를 찾는 영철로서는 당장 큰 일이 아니라면, 넘어갈 생각인 듯했다.

그리곤 바로 본론.

"우선 들러야 할 곳은 진원지보다는 역시 뒤부터라고 생각하네. 여기 있는 이들도 전부 그리 동의를 했네."

"저 또한 마찬가지입니다."

"이야기가 편하군. 내 미리 표시를 해두었네."

본론이라지만 꽤 여러 가지 이야기가 오고 간다.

앞으로의 일정에 관한 이야기. 그 이유. 그리고 가장 중요한 것이라 할 수 있는 정보.

"이걸 받게나. 꽤 도움이 될 테니."

"받아도 되겠습니까?"

"걱정 말게. 황녀 전하께도 허락을 받았으니. 어차피 구하자면 못 구할 것도 아니지 않은가?"

"그건 그렇습니다만은…… 감사히 사용하겠습니다."

"그 아래에 어찌 움직여야 할지도 대강은 써 놓았네. 물론 꼭 따를 필요는 없네만은…… 참고는 해도 될 게야."

"감사합니다."

그 정보로 의외의 것을 받았다.

*   *   *

영철이 물러났다.

그는 운현과 이번 이야기를 함께 나누는 것으로 할 일이
끝났다는 듯 다음날 바로 별채를 떴다.

"이제는 갈 때가 된 듯하네. 너무 오래 떠나 있었어. 황녀
전하께서도 덕분에 애를 먹으시는 듯하고."

"고생하셨습니다."

그가 처음 맡은 역할은 운현을 황녀에게 데려가는 것.

하지만 상황에 따르다 보니 황녀의 얼굴은 못 본 지가 꽤
됐다.

역병의 치료가 우선인 건 당연한 이야기였으니 그리 진행
이 된 게다.

그로서도 처음에야 황궁 무사의 입장으로서 운현이 치료
부터 나서는 걸 반대를 하기는 했지만 어쩌랴.

결과가 좋았다.

당장 황녀에게 돌아가더라도 공에 대한 치하를 받으면 받

앉지, 운현을 황녀에게로 먼저 데려가지 못한 것으로 치도곤을 당하거나 하지는 않을 거다.

'애당초 그럴 황녀도 아니긴 하지……'

그러니 돌아간 영철은 황녀에게 꽤 많은 치하와 함께, 여러모로 힘을 받을 거다.

함께 동고동락을 하던 황궁의 무사들도 어느샌가부터 호위무사인 영철을 따르고는 있으니 가서 황녀에게도 힘을 더 실어줄 수도 있을 게다.

결국 황녀와 영철 모두 서로 힘을 주고받아서 더욱 크게 쓸 수 있을 상황이 될 거다 이 말이다.

거기에 더해서 운현이 파견한 무사와 의원들.

그들이 보내오는 소식들을 듣고 있자면.

'다른 이들도 잘하고 있다고 들었으니. 흠……'

다들 자신의 몫은 잘 해내고 있었다.

운현만큼은 아니더라도 그들 나름대로의 역할은 분명히 해내고 있었다.

그러니 적어도 하남의 일은 그럭저럭은 잘 돌아가게 되었다.

황실의 일은 돌아간 영철이, 하남에 남은 역병은 운현이 보낸 무사들과 의원들이 처리를 하게 되는 것이다.

상황이 훨씬 좋아졌다.

하지만 이 상황에서만 만족해서는 안 됐다.

만족만 하고 넘어가려고 했다면, 영철과 애써 상의를 하고 정보를 받아내려고 하지도 않았을 거다.

이제는 운현. 그가 할 수 있는 일을 위해서 우선 나서야 했다.

＊　　　＊　　　＊

눈앞에 놓여진 것. 두 가지.

사람을 시키기도 하고 영철이 직접 작성하기까지 한 서류는 당장 눈에 띄지는 않았다.

제갈소화를 포함한 사람들이 가장 주시하고 있는 것.

"이건 지도로군요."

"자세하네요."

지도였다.

그것도 동창이나 황궁 사람들. 즉 관리들이나 가질 수 있는 그런 자세한 지도였다.

'좋은 편인데…….'

전생을 겪었던 운현으로서는 더 자세한 지도를 수없이도 봤다.

그때는 세계 지도도 아무런 감흥 없이 그냥 봤지 않던가.

어린아이들이 익히는 책에도 쉽게 실려 있어서, 지도쯤이야 전이라면 별다른 감흥도 없었을 거다.

하지만 지금은 운현이라는 이름으로 살아온 지가 꽤 오래.

지도가 가진 의미를 안다.

지금의 중원에서 지도라고 하는 건 굉장히 귀한 것. 군사용품으로 취급될 만큼 기밀로 취급되는 것이다.

심한 경우 지도를 가지고 있는 것만으로도 역적이라고 몰아붙일 정도였다.

'좀 과장된 일이긴 하지.'

어쨌거나 지도는 정보로서 꽤나 대단한 가치가 있기 때문에 보통 사람들은 쉽게 가질 수 없는 물건이다.

있어 봐야 얼기설기 대충 그린 지도를 가진다거나.

'몰래 그리지.'

표국과 같은 곳에서 상행을 위해서라도 몰래 그리는 정도다.

그나마 몰래 그리는 것도 지금 영철이 건네어 준 것 만큼이나 자세하지는 않았다.

'생각 외야.'

현 중원의 지도라고 해 봐야 별거 아닐 줄 알았는데, 보면 볼수록 꽤 대단했다.

운현이 감탄이 일 정도로 자세하다.

적어도 하남성 내는 아주 자세히 표시되었다.

"흠…… 이거 역시 따로 챙기진 못하겠죠?"

"일 다 하면 돌려줘야 할 겁니다."

"아쉽네요."

제갈소화를 포함한 다른 이들이 놀라는 것도 이해는 갈 만한 일이다.

그들도 세가에서 가진 지도들이 있겠지만, 조잡한 수준일 거다. 이만큼이나 자세하게 있는 건 무리다.

어쨌거나 지도에서 놀란 일행은 다시.

'표시들이 빼곡하군.'

그 안에 있는 내용에 또 놀랐다.

안에 있는 표시들. 영철이 만든 서류들과 함께 표시되어 있는 것들.

크고 작은 점들이 세밀하게 표시가 되어 있는데, 그 수가 꽤 많았다.

역병의 발원지, 역병의 크기, 역병이 일어났던 순서 등등.

꽤 많은 정보들이 간단하면서도 세밀하게 표시가 되어 있었다.

"이건 정말…… 대단하군요."

"하……."

솔직히 황궁 호위 무사로 있는 영철, 그의 능력이 이런 쪽에도 신통할 줄을 누가 알았겠는가.

호위 무사로, 황녀의 수족임은 알았지만 이 정도로 능력을 갖췄을 거라곤 운현도 생각지 못했다.

이건 이대로만 따라가다 보면 금방 실마리를 잡을 수 있지 않을까 싶을 정도였다.

'요사이 바쁘더니 이걸 주기 위함이었나.'

생각 이상이다.

그리고 그걸 한참이나 바라보던 제갈소화는.

"이대로면 시간은 절약되겠는데요?"

"확실히 그럴 거 같습니다. 흠…… 문제는 어디서부터 시작하느냐 아니겠습니까."

"그건 그렇네요."

현재 그들이 있는 곳은 하남의 중간 지점 정도가 되는 우주(禹州)현.

끄트머리에서부터 치료를 시작했지만, 치료를 위해서 올라오다 보니 중간쯤까지 오게 된 상황이다.

그나마도 치료제를 만든다고 이 속도였지, 아마 치료만을 위해서 움직였다면 지리상으로는 더 많이 움직이기는 했을 상황이다.

어쨌거나 중요한 건 하남성의 중앙에 있다는 것이었다.

"어디로든 갈 수 있겠습니다만은……."

"어디로 가야 할지 정하는 것도 결국에는 문제겠죠."

어디나 갈 수 있다고 좋을 상황이 아니라, 어디든 골라야 하는 게 문제였다.

하나의 성으로서 꽤 큰 크기를 자랑하는 하남성.

거기서 어디 하나만 콕 집어서 간다고 선택을 하는 게 어디 보통일이겠는가.

특히나 역병을 누가 일으켰는지 알아보자고 가는 일인데?

'어느 쪽을 선택을 하든 완벽한 선택이라고는 할 수 없을 상황이다.'

하나를 선택하면 다른 하나에서 아쉽게도 놓치는 게 있을 수 있는 상황이다.

애써 아래쪽으로 갔다가 위쪽에서 더 큰 실마리를 찾을 수 있었더라면, 그건 그거대로 문제인 상황.

뭐 하나 딱하고 고를 수 있는 상황이 아니었다.

"……."

"어쩐다. 흐음."

제갈소화, 당기재, 운현, 명학, 남궁미.

당장은 모두가 침묵을 한다.

쉽게 의견을 말하기를 꺼려하는 기색이었다.

다들 하나를 고르자니 다른 하나가 문제일 거라고 생각을 하는 거다.

지금의 상황이 이해 못 할 바는 아닌지라 운현도 가만 고민을 하고 있었다. 그러다가.

'결국 여기서 시간을 버려서야 되겠나.'

그의 손끝이 한 곳을 가리킨다.

"여기로 가죠."

"거기는……."

"마지막인 곳이죠."

"이미 동창이 갔던 곳이지 않습니까?"

"그렇게 따지면 안 가본 곳은 없을지도 모릅니다."

천하의 동창이다. 황실에서 직접 만든 조직의 주인공들이지 않은가.

그들이 어디를 가리키든 안 가봤겠는가.

이 서류를 만든 영철도 정보의 기반은 동창으로부터 얻었을 게 분명하다.

그들은 자신들의 명예 회복을 위해서라도 어마어마하게 뛰어다닌 것으로 안다.

거기다 꽤 많은 이들을 하남으로 동원하기도 했던 상황.

그러니 운현의 말마따나 그들이 가보지 않은 곳은 아예 없을지도 모른다. 적어도 하남에서는.

그러니 그렇게 따지게 되면 어디든 갈 곳은 없다.

그런 식이었더라면 영철도 괜히 수고스럽게 지도를 만들어서 주지는 않았을 거다.

대신에 지금 운현이 말하는 것을 바랐을 거다.

"저희가 찾으면 또 다르게 찾을 수 있을지도 모르죠. 어차피 영철님도 동창과 다른 방식으로 찾기를 원했을 겁니다."

"흐음…… 다른 방식이라. 무슨 말인지는 알겠소."

"예. 우리는 우리의 방식으로 찾아보면 될 일입니다."

운현의 방식으로 찾아보는 것.

신의라 불리면서도 동시에, 다른 이들과는 다른 시선으로 볼 줄 아는 운현이 그만의 방식으로 새로운 실마리를 찾아내기를 바랐을 거다.

"그럼 바로 출발을 해 보죠."

"채비하죠."

운현의 말을 들은 그들이 움직이기 시작한다.

가장 일차 목적지는 황천(潢川)현.

괜스레 불안해지는 이름을 가진 그곳이 영철이 건네어준 지도에서 불길하게 빛나고 있었다.

第七章
도착하다

"서두르게."

"예!"

운현이 신의로서 위엄을 보였더라면, 영철은 호위 무사로서의 위엄을 보였다.

빠른 일처리, 적당한 융통성, 충의 등등.

많은 부분에서 영철이 보여줬던 부분은 운현만큼은 못하더라도 분명 황궁 무사로서 부족함이 없을 정도였다.

차고 넘친다고 표현해도 될 정도랄까.

덕분인지, 영철을 따르는 황궁의 무사들은 전에 비해서 더욱 그를 따르기 시작했다.

알게 모르게 있던 그의 지도력이 빛나기 시작한 거다.

그 모습에 뿌듯해할 법이라도 하건만, 영철은 되레 근심 어린 표정을 하고 있었다.

'황녀 전하. 대체 무슨 일이기에.'

영철도 영철이지만 황녀는 그 여느 여인보다 뛰어난 사람이다.

아니, 난다 긴다 하는 사내들에 붙여 놓아도 지지 않을 사람이 영철이 아는 황녀였다.

그런 황녀가 자신부터 불러들였다.

운현에게는 적당히 둘러대기는 했지만, 영철로서는 걱정이 될 수밖에 없었다.

지금 영철을 불러들이는 황녀의 선택이 평상시의 선택과는 전혀 다름을 알기 때문이었다.

보통의 황녀라면, 그를 불러들이기보다는 되레 운현에게로 영철을 붙여주었을 거다.

가장 급한 일은 역병을 처리하는 일인 것을 알고 있으니, 손을 보태라고 붙여줄 게 뻔했다.

하지만 이번에는.

'부르셨다.'

멀리 있는 영철을 굳이 불렀다.

역병이 급한 문제임을 알고 있음에도 불러들였다는 것.

평상시의 황녀와는 다른 선택을 한다는 건 분명 문제가 있다는 거였다.

사람이 갑작스레 변할 리도 없고, 선후관계를 제대로 파악하지 못할 황녀도 아니기 때문이다.

그러니 그의 표정이 굳어 있을 수밖에.

"더 빨리!"

"예!"

그렇기에 황녀의 수족이나 다름없는 영철은 더욱 걸음을 재촉한다.

빨리. 더 빨리.

자신이 모시고 있는 그녀를 향해서 달려간다.

*   *   *

노력이 통했을까.

예정보다도 더욱 빠르게 하남과 하북의 경계에 도착을 하게 된 영철이다.

"하아……."

그와 함께하고 있는 황궁 무사들 다수가 쓰러지는 게 아닐까 싶을 정도의 강행군을 한 덕분이다.

빠르게 도착한 영철은 잠시의 쉬는 시간도 아깝다는 듯이 바로 걸음을 옮겼다.

"황녀 전하께오서 계시는가?"

"아니, 영철 대감님 아니십니까!? 이렇게 빨리 오실 거라고는 듣지를 못했사온데……."

하북의 하급 관리 중에 하나가 나와 있다.

그가 자신도 모르게 대감이라 칭한다. 대감이란 호칭.

본래 그에게 갈 호칭은 아니다.

평소라면 그걸 직접 지적하든, 간접적으로 돌려 말하든 하지 말라 피력했을 거다.

하지만 지금은 그런 게 중한 게 아니었다.

"황녀 전하께오서 계시냐고 물었네만?"

"아! 안에 계십니다. 기별을 넣을까요."

"빠르게 넣어주게나. 어서!"

황궁의 법도는 지엄하기에, 몸은 달아올랐어도 한참을 기다린다.

'대체 무슨 일일는지.'

그가 와서 보기에 황녀가 머무르고 있는 이곳은 딱히 문제가 없어 보였다.

분위기가 무겁기는 하지만, 딱 그 정도.

본래부터 여기에 머무르고 있는 자들이 역병으로 속을 꽤나 썩였던 것을 생각하면 분위기가 무거운 것도 이해는 갈 만한 상황이었다.

어쨌거나 운현이 역병을 잡아냈고, 이쪽에 있는 의선문 의원을 비롯한 많은 의원들과 관리들은 잡아내지를 못하지 않았는가.

그러니 그 책임 소재 때문에라도 분위기가 무거운 것은 자연스레 이해가 갈 만한 상황이다.

'그런데도 부르셨다.'

이해 갈 만한 상황인데도, 황녀는 이해 못 할 명령을 내렸다?

분명 뭔가 일이 있는 게 분명했다.

영철이 대체 그 일이 무엇일지를 한참이고 생각하며 기다리고 있는 사이.

"들라고 이르십니다!"

영철의 매서움에 놀라서, 황녀에게 기별을 넣으러 갔던 하급 관리가 급하게 뛰어오며 외치듯 말한다.

*　　　*　　　*

안으로 들어선다.

황실에 있는 궁보다는 모자라지만, 그녀 하나 머무르기에는 모자람이 없는 곳이 영철을 기다리고 있었다.

과연 황녀가 있는 곳답게 조용하면서도 정갈한 분위기를 풍기고 있었다.

분위기만큼은 여전했다. 그가 지금까지 서둘러서 온 것이 무색해 보일 만큼.

그러니 마음이 놓여야만 하건만.

'놓이지가 않는구나.'

그녀에게 혹여 무슨 일이 일어난 게 아닌가 싶은 영철은 여전히 잔뜩 긴장을 한 채였다.

황녀의 호위무사로서 잘 단련된 감이 그가 긴장감을 절대로 놓지 못하게 만들고 있는 것일는지도 몰랐다.

그러면서도 그는 감히 예를 잊지 않았다.

바로 어제도 황녀를 보고 예를 올렸던 것처럼, 그의 몸짓은 황실의 예법에 있어 하나 모자람이 없었다.

"전하를 뵙사옵니다."

"왔는가. 오랜 시간이 걸려 왔구나."

"송구하옵니다."

"송구할 것이 무어겠는가. 잘 왔네."

고개를 들어서 황녀를 슬쩍 본다.

황실의 예법상 그녀를 그리 바라보면 안 되지만, 호위 무사인 그이기에 그 정도는 할 수 있었다.

호위 대상인 그녀를 그가 보지 못해서야 어찌 호위를 하겠는가.

황녀도 그걸 알기에, 또한 옆에 서 있는 시종들도 그것을 알기에 가만있을 뿐이었다.

'대체…….'

황녀를 흘끗 보게 된 영철.

겉으로만 보아서는 문제가 없다.

찬탄이 묻어 나오는 아름다운 외모도, 그녀의 현숙함도, 묘하게 사람이 따르도록 만드는 위엄도 전부.

아무런 문제가 없다.

여전했다. 겉으로 보기에는 분명 그러했다.

하지만 영철은 알았다.

무공의 고절함 덕분으로 보이는 외모에 비해서 나이가 많은 영철. 황녀가 어리다 할 수 있는 나이였을 때부터 황녀를 지켜왔던 그다.

호위 무사로서.

충심을 가지고 그녀를 모시고 왔던 그로서는 다른 이라면 모를 만한 것들도 알았다.

아니 알아야만 했다.

호위 무사로서, 호위를 해야 할 황녀의 내심을 헤아리는 것은 기본 중에서도 가장 기본인 덕목이니까.

그 정도도 하지 못해서야, 어찌 황실의 호위 무사 중에 하나가 될 수 있겠는가.

소위 말하는 눈치가 없어서야 황실의 호위 무사가 되기 이전에 죽어 나자빠지기 십상이다.

이유는 많다.

훈련 중에 죽거나, 호위가 되기 이전에 암투로 죽거나. 아니면 피치 못해 일어나는 '사고'로 죽거나.

그런 과정을 전부 통과하고 나온 영철이 그녀의 이상함을 눈치채지 못할 리가 없다.

'안색이 좋지 못하시군. 근심이 있어.'

평상시와 같아 보이는 황녀의 얼굴에서 안색이 안 좋아 보임을 읽어내고. 또한 근심이 있음을 읽어낸다.

'대체 무슨 일인가.'

묻기보다는 가만히 가늠을 해본다.

아랫사람으로서 윗사람의 내심을 홀로 읽어내 보려 하는 건, 호위 무사로서의 본능일는지도 몰랐다.

그런 영철의 내심을 황녀도 읽고 있는 건지, 아니면 어떤 사정이 있는 것인지 몰라도 그녀는 가만히 그를 직시하고만 있을 뿐이었다.

시종들도 응당 그래야 한다는 듯 조용히 침묵을 지킨다.

오로지 이곳에서 당황해서 벌벌 떨고 있는 것은, 영철을 황녀에게로 안내했던 하급 관리뿐이었다.

어쨌거나 영철은 가만 가늠을 계속해 나갔다.

'근심이라······.'

황실에 있는 황후의 상태가 좋지 않게 되었을까? 그럴 리가.

'치료는 하지 못할지언정······.'

당장의 상황은 유지할 수 있을 터다.

황실의 황의들은 최고 중의 최고 의원들이다. 그가 알기로는.

'······그를 제외하고 최고일지 모르지.'

비록 그가 직접 겪었던 운현보다는 낫다고 할 수 없을지도 모른다.

전에는 황의만이 최고라 생각했으며, 운현도 그들과 비슷한 정도라 여겼지만 역병을 치료하는 운현을 보았던 그 아닌가.

그로서는 언제부턴가 내심 황의들과 신의 운현을 같은 선상에 놓기보다는 신의인 운현을 좀 더 높게 치고 있었다.

어쨌거나 신의인 운현보다는 못하더라도 황의들은 황의들이다.

전중원에서 난다 긴다 하는 의원들이 붙어서 집중적으로 황후를 치료하고 있다.

그 노력이 더 통했는지 더 악화가 되어 가고 있지는 않았다.

'더 나쁠 게 없을 상황이기도 하지……'

황후의 상태가 어쨌거나 더 악화되었다는 소식이 있었더라면, 진즉에 영철의 귀에도 들어 왔을 게다.

그러니 황후의 상태가 안 좋아진 건 아니다.

황실? 황실의 상태는 전부터 좋지 않았던 것을 다 알고 있었다.

겉으로는 중원의 영광이 전부 황실에 집중되어 보일지언정, 안은 시궁창이다. 세상에서 제일 썩은 내가 나는 시궁창.

그나마 황녀의 아버지이자 천자인 황제가 능력이 뛰어나 다행이었다.

그의 능력이 조금이나마 부족했더라면 그 시궁창은 썩다 못해 악취가 넘쳐흘러서 중원 전역을 더럽히게 됐을지도 모른다.

관리 하나가 썩어도 현 하나가 고통스러워하는데, 황실이 완전히 썩게 되어 버리면 그때부터는 상상만 해도 아찔한 일이다.

어쨌든 황후도 황실의 일도 아니다.

그러니 북경에서의 일은 아니라고 볼 수 있었다.

그렇다고 여기 하북과 하남의 경계에 일이 있는 것일까?

'의선문 의원들도 조용하지 않은가……'

그들에게 일이 발생한 것일까.

급하게 달려오느라 그런 작은 소식은 자세히 듣지 못하긴 했다.

호위무사인 영철에게 있어 감히 황녀의 명도 제대로 따르지 못하는 의선문 의원들의 일 따위 작은 일일 뿐이다.

그럼 그들도 넘어가게 된다.

그런데도 대체 무슨 일이 발생을 했기에 황녀가 저러한 표정을 짓고 있는 것일까?

역병? 그도 아니다.

지금 현재 중원인들에게 역병이라 밝혀진 것은 사실 역병이 아니라 누군가 인위적으로 퍼트린 것이라는 걸 그는 알고 있었다.

또한 눈앞의 황녀와 동분서주하며 날뛰고 있는 동창의 무사들도 알고 있는 사실이다.

그렇기에 역병은 문제가 없다.

하남과 하북의 경계에 있는 그녀가 역병이 걸리기에는, 감히 인위적으로 그녀에게 역병을 퍼트릴 만한 존재가 당장 없기 때문이었다.

'역병을 퍼트리겠답시고 여기를 뚫을 수가 있겠는가…….'

그녀를 호위하는 그가 잠시 자리를 비웠었다고 하지만 감히 황녀를 노릴 수 있을 거라고는 생각도 하지 않았다.

분명 그리 믿었다.

그런데 고민을 하고 있는 그에게로 황녀의 목소리가 들려온다.

[잘 듣거라······.]

어색한 전음. 목소리의 주인공은 황녀였다. 어색하지만 분명 전음을 제대로 날렸다.

그 언젠가, 황실에 있을 적에 전음을 가르쳐 달라고 했던 황녀다. 그 뒤로 쓰는 것을 본 적이 없는데 이번에는 직접 전음을 날려 왔다.

이곳은 그녀만의 공간이나 다름이 없는데도 전음이라니.

대체 이유가 뭔가?

'대체······.'

눈이 크게 뜨여질 만큼 놀랄 만한 상황이지만, 영철은 무표정을 유지했다.

속으로는 놀랄지라도, 황녀가 애써 되지도 않는 전음을 날리는 것에는 이유가 있으리라 생각하고 내심 배려를 한 것이다.

그러며 동시에 그는 조심스레 올렸던 고개를 더욱 푹하고 숙였다.

황녀에게 예를 표하는 듯이.

"아닙니다. 오래 뫼시지 못해서 정말 송구하옵니다."

죄인이라도 된 듯 외칠 뿐이었다.

그녀는 용케 그의 뜻을 알아들었다.

지금 영철이 하는 것은 과례다. 예의라고 하기에는 예가 너무 넘쳐 오히려 예가 아닌 상황이다.

하지만 황실의 사람에게 이 정도는 과례가 아니었다.

그러니 황녀와 영철이 무언가 몰래 대화를 나누고 있다는 사실을 적당히 감추는 데는 충분했다.

"아니라고 하지 않았느냐."

겉으로는 설전 아닌 설전을 벌이게 된다.

송구하다고 말하는 영철. 그걸 아니라고 말하면서도 작게 역정을 내는 황녀.

어색할 수도 있을 대화지만, 나름 겉으로는 자연스러웠다.

과한 충성을 보이는 호위나, 그걸 받아들이는 황녀. 겉으로 보기에 이상할 만한 것은 아무것도 없지 않은가.

그러면서도 그 아래로는 전음이 오고가기 시작했다.

[대체 무슨 일이십니까.]

배우고 잘 써먹지 못한 전음이지만, 황녀가 잘해 낸 덕분이었다.

그래도 드문드문 전음이 날아드는 것까지는 그녀도 어쩔 수가 없었다. 당장 겨우 전음을 써가는 상황이었으니까.

[본녀에게……]

"……."

[시도가……]

그 드문드문 이어지는 전음을 하나씩 조합해 나간다. 그러던 중 나와서는 안 되는 단어가 나왔다.

[……암살이……]

"……헛."

크게 숨을 들이쉬려다가 이내 다시금 숨을 삼키는 영철이다.

'실수였다.'

겉으로 드러내서는 안 되는데 자신도 모르게 크게 숨을 내뱉어 버렸던 영철이다.

하지만 황녀의 호위 무사로서 그 누가 이 단어를 듣고 숨을 크게 내뱉지 않겠는가?

황녀의 호위로서 의무감이 단 일 푼이라도 있다면.

'암살이라니!'

암살(暗殺).

이 두 글자가 주는 압박감에서 조금이라도 자유로울 수가 없으리라.

당연해도 너무 당연한 이야기였다.

그가 놀라는 것을 당연하게 여긴 듯, 황녀는 어색한 전음을 한참이고 날리지 않고 기다려 줬다.

영철이 정신을 수습할 수 있을 시간을 준 것이다.

"……"

잠시의 침묵.

내심이 복잡했던 상황이었다.

'그래도 알아야 한다.'

허나 복잡한 상황이라고 해서 황녀의 호위 무사인 그가 상황을 제대로 알지 못해서야 안 되었다.

이 상황이 어찌 돌아가는지는 파악을 해야 호위 무사로서 제 구실을 할 수 있었다.

그리고 감히 황녀를 암살하려고 했던 자에게 징벌을 내릴 수 있게 될 것이다.

호위 무사로서 자신의 존재 가치를 지키기 위해서라도, 떨리는 입술을 잘게 물고는 전음을 날려보는 영철이었다.

[대체 누구입니까?]

[그는…….]

이어지는 그녀의 말에 영철의 눈이 다시금 크게 뜨여진다. 머리를 푹 숙이고 있는 게 다행일 만큼 놀란 눈을 하고 있었다.

'대체…… 어떻게 돌아가는 건가.'

상황이 묘하게 돌아가고 있었다.

영철이라고 해도 성급히 움직이지 못할 만큼. 또한 대체 어디의 누군가가 사주를 했는지 모를 만큼 복잡하게 돌아가고 있었다.

第八章
의문점

당기재가 심각한 표정을 하고서 운현에게 물어 온다.

"이번도 맞소?"

"그러네요. 확실히요."

"알다가도 모르겠군…… 흐음."

처음에야 길을 재촉하면서 가던 당기재였다.

지도도 나름 볼 줄 알아서 그가 일행을 이끄는 듯하기도 했다.

하지만 시일이 가면 갈수록 결국 일행을 이끄는 자는 운현이 되었다.

운현이 나서자고 나선 게 아니었다.

상황이 돌아가는 게 그러했다.

지도보다도 더 중요한 흔적.

그게 가면 갈수록 나오기 시작했다. 처음에는 착각인가 싶었지만, 이제는 아니었다.

'본래는 남지 않아야 하는데……. 재밌다 해야 하나. 아니면 잔인하다 해야 하는 건지. 쯧.'

남서쪽.

황천현으로 내려가면 내려갈수록 운현의 표정은 진지해져 갔다.

같이 가고 있는 일행도 마찬가지였다.

흔적을 찾아가면 찾아갈수록 일행의 표정은 어두워져 가기만 했다.

그 흔적이라고 하는 것의 종류가 문제이기 때문이다.

"시체라니……."

"그것도 썩지 않는 시체죠."

"흐……."

흔적은 바로 시체였다.

다시는 발견하고 싶지 않은 시체가 눈앞에 또 자리하고 있었다.

옷에는 여러 흔적이 있는데도, 벌레는 꼬이지 않는 시체.

그러면서도 발끝에서부터 시퍼렇게 변해가고 있는 시체.

또한.

'썩는 건지 아닌 건지 알 수도 없을 만큼 천천히 부식된 다 이거지.'

시퍼렇게 변하기 시작한 발끝에서부터 시독을 천천히 뿜 어내고 있는 시체가 계속해서 발견되고 있었다.

"잠시……."

그 시체에 운현이 다가간다.

고오오오—

그리곤 손끝에 기를 모은다. 찬란해 보이기만 하는 하얀 빛이 운현의 손을 한가득 채운다.

스으으—

그 손을 퍼렇게 물들어 가는 시체의 발 끝에 가져가자마 자 빛을 만난 어둠이라도 된 듯 녹아내리기 시작한다.

퍼렇게 썩어가던 부분이 사라지면, 그때부터 갑작스러운 부식이 시작된다.

그동안에는 부식되고 싶어도 부식되지 못했다는 듯이!

아주 기다렸다는 듯이 썩어가기 시작한다.

운현의 선천진기가 닿자 다른 시체들처럼 정상적으로 썩 어가는 시체로 변하게 되는 것이다.

"으……."

묘하게 역겨운 장면이다.

그 장면을 바라보고 있는 제갈소화로서는 자신도 모르게 신음을 삼킬 정도였다.

남궁미도 굳이 입 밖으로 신음을 내뱉지는 않았지만, 표정은 여전히 좋지 못했다.

운현의 표정도 그들과 다르지 않았다.

다만 그의 안색이 안 좋은 것은 시체가 급속히 부패되는 장면을 보아서가 아니었다.

이유가 달랐다.

'단순히 시독만 사라지는 정도가 아냐. 다른 게 있다.'

시체에 단순히 시독만 있었더라면 운현이 이리 심각하지는 않았을 거다.

시독이라고 하는 것이 지독하기는 하지만 이미 호북성에서도 시독으로 한 번 몸살을 앓았던 적이 있지 않나.

또한 시독이라는 거 자체가 자연적으로 생기기도 하는 것이니, 때로는 쉽게 넘어갈 수도 있는 바였다.

헌데 이 시체는 시독이 문제가 아니었다.

시체의 부패를 막는 기운. 시체에 묘하게 어린 기운. 바로 기운이 문제였다.

'시퍼렇게 변하게 하는 게 그 기운의 흔적……이겠지?'

아직은 확실히 어떤 기운이라고 정의를 내리지 못했다.

천하의 운현이라고 하더라도 세상 모든 기운을 아는 것

은 아니기에, 감히 어떤 정의를 내리지 못하는 것이다.

이미 있는 기운인데 그가 모르는 것일 수도 있으며, 전에 없던 새로운 방식으로 운용하는 기일지도 몰랐다.

그래도 확실한 게 하나 있다면.

'죽음과 관련이 있다는 거겠지.'

이 기운은 분명 선천진기와는 정반대의 상성에 있는 기운이다.

또한 누군가, 혹은 무언가의 죽음이 바탕이 되어야만 만들어질 수 있을 거라는 느낌이 들었다.

시독과 비슷하면서도, 더욱 음울한 어떤 기운이었다.

다른 이들이라면 이 음울한 기운조차 느끼지 못하겠지만, 기감이 강한 운현이기에 더욱 확실히 느끼고 있는 바였다.

'대체 어디서부터 어떻게 된 건지…… 시작부터 문제였던가.'

운현의 의식이 지도를 받아들고 처음 황천현을 향해서 나설 때로 돌아간다.

*   *   *

이야기의 시작.

즉, 처음 시체를 발견한 것은 길을 떠난 지 얼마 되지 않아서였다.

'그래, 그때부터가 시작이었지.'

처음 길을 나섰을 때.

그때까지만 하더라도 상황은 지금보다 나았다.

역병은 어느 정도 잡았고, 못 잡은 곳은 의방의 의원들이 투입되어서 고치고 있지 않은가.

치료제도 당장은 문제가 되지 않을 정도로 남아 있는 상황.

"어떤 흔적이 남아 있을까요? 아니 남아 있기나 할는지……."

"그래도 가다 보면 나올 겁니다."

"가다 보면이라……."

"뭐든 움직이게 되면 흔적은 남을 테니까요. 동창과는 다른 방식으로 찾아보는 거지요."

이제는 역병의 원인만 알아내면 꼬아져 있는 실타래를 어느 정도는 풀어 낼 수 있을 거란 나름의 희망이 있기는 하던 때였다.

그렇게 시작하게 된 조사.

"관리가 전혀 안 되었군요."

"역병이 있었으니까요."

전에는 잘 닦였을지 모르나, 하남에 역병이 돌면서 관리가 전혀 되지 않은 가도로 가던 중.

당기재가 제안을 해 왔다.

"이거 지도로 보니 이 관도를 이용하는 거보다는 다른 길이 낫겠소."

"옆에 있는 산길을 말하는 겁니까?"

"그렇소. 역병이 돌아서 산적도 없겠지만…… 설사 산적이 있다 해도 문제 될 것도 없지 않소?"

산을 쭉 돌아서 가는 관도를 가는 것보다는 산을 직통으로 지나갈 수 있는 산도(山道)로 가는 게 어떻겠느냐는 제안이었다.

급하지 않을 경우에는 산도보다는 관도이긴 하다. 그러나.

'이왕 갈 거 길을 재촉하는 것도 나쁘지는 않지.'

그때까지만 해도 별생각이 없었다.

단지 빠르게 가기만 하면 된다고 생각했을 뿐이었다.

'산적이 없기도 할 거고…… 타당해.'

게다가 굳이 다른 이들과 부딪칠 거라는 생각은 할 필요도 없었다.

역병은 산적이고 양민이고를 가리지 않는 터.

결국 역병이라기보다는 인위적인 독이라고 할지라도 사람을 가리지 않는 건 여전히 유효했다.

독을 퍼트린 자들이 산적들이라고 해서 사정을 봐줄 리가 없었다.

게다가 관도라고 해도 편하기는커녕, 관리가 되지 않아 산도나 다를 바 없는 것도 결정을 내리는 데 한몫했다.

"그럼 그러도록 하지요."

"좋소. 내 여기서부터는 잘 안내를 해 보지."

"흠…… 내가 하는 것도 좋을 것 같소. 이래 봬도 무당에서도 살아왔던지라, 산길은 잘 아오."

당기재가 나서기도 하고, 성격에 여유가 좀 있어진 명학도 지지 않고 나서 길을 재촉해 갈 정도였다.

그렇게 산도를 가던 일행.

추적자도 없고, 되레 추적을 위해 움직이기에 전보다는 안전하게 움직이던 그때.

'그때부터였지…….'

가장 먼저 발견한 것은 역시 운현이었다. 그 다음은 당기재.

"음…… 좋지 않군요."

"무슨 말인지…… 허…….'"

운현이 처음 느끼고, 당기재가 방향을 잡았다.

"이쪽으로!"

운현보다는 못해도 당가의 기재라는 걸 증명하기라도 하는 듯 그도 기감 하나는 좋았다.

어쩌면 당기재도 치료제를 만들다 보니, 기운에 관해서 더욱 민감해져서 더 빨리 느끼게 되었을지도 몰랐다.

"하……."

"……산채가 있기는 했군요."

얼마를 걸어 도착한 곳.

그곳에는 관리가 되지 않은 관도처럼 관리가 되지 않은 인공물들이 턱하니 있었다.

관리가 안 된 건 똑같지만, 차이가 있다면 관리의 대상이었다. 관도가 아니라 산채라 할 만한 것이 눈앞에 자리하고 있었다.

시야를 확보하기 위해서 베어야 할 풀들은 사람 무릎을 넘게 자라 있었고.

그 위로 산적들이 산채를 지키고 있겠답시고, 경계를 서고 있어야 할 목조벽은 넝쿨들이 감아 올라간 지가 오래였다.

산에서는 풀이고 나무고 금방 자란다는 것을 증명이라도 하는 듯, 산채는 전부 녹색으로 가득 차 있었다.

"저기다!"

"바로 가 보죠!"

눈썰미가 좋은 명학이 녹색으로 둘러싸인 산채의 입구를 용케 찾아냈다.

산에서 생활을 하던 게 빛을 보는 듯했다.

명학이 이끄는 방향으로 움직이자, 운현이 기감으로 느꼈던 기운들이 더욱 가까워지기 시작한다.

'음울하고…… 더러운 기운.'

선천진기가 밝음의 상징이라면, 이것은 그 반대편에 위치한 기운이라고 표현하면 정확할까.

그런 기운들이 산채에 들어서자마자 몇 배는 더욱 강해졌다.

"……."

"……."

이심전심이라고, 당기재와 운현은 서로를 바라보자마자 작게 고개를 끄덕였다.

그러곤 동시에 경쟁을 하기라도 하는 듯이 뛰기 시작했다. 강해진 기운에 더욱 가까이 다가간 것이다.

그리고 그곳에서 본 것들은.

"시체이구려."

"시체는 시체인데…… 흠…….."

썩지 않는 시체였다.

발끝에서부터 파란 기운을 맺고, 더는 썩지 않는 시체였달까.

그 시체가 여럿 있었다.

다들 선천진기와 반대되는 죽음에 가까운 기운을 흩뿌리면서, 태양 아래에서 썩지도 않고 잘도 버티고 있었다.

그리고 그 옆으로는 산적이었음이 분명한 자들의 시체가 가득했다.

마치 썩지 않는 시체를 중심으로 반항을 하다가 죽어 나간 형상이랄까.

중심에는 썩지 않는 시체들이 있고, 그 주변을 산적들의 시체가 가득 둘러싸고 있는 형태였다.

형태만 놓고 보면 분명 그러했다.

'싸움이었나. 아니면 도망이었나.'

허나 운현으로서는 과연 산적들이 저 썩지 않는 시체로부터 도망을 가려 했던 건지, 저항하려 싸우려 했던 건지까지는 알지 못했다.

아쉽게도 시체로부터 정보를 얻는 법의학의 지식이 거기까지는 닿지 못했다.

다만 기감으로 기운을 읽어 봄으로써 저 썩지 않는 시체가 무언가 이상하다는 건 보자마자 바로 직감을 했었다.

운현이나 당기재나 같은 생각을 한 건지, 정상적으로 썩

어가고 있는 산적들의 시체를 적당히 치워가며 점차 안쪽
으로 움직이기 시작했다.

뒤늦게 도착한 남궁미가 장소에 대한 느낌을 가감 없이
평한다.

"……괴이해."

괴이함.

딱 알맞은 단어였다.

여인의 몸이라도 무림을 주유하며 여러 경험을 쌓아 온
남궁미가 봐도 이상할 만한 광경.

바로 거기에서부터가 시작이었다.

*　　　*　　　*

썩지 않는 여러 구의 시체.

그렇지만 많지는 않은 적은 수가 분명 시체들의 중심이
었다.

그 시체들을 중심으로 해서 다른 시체들이 퍼져 있는 그
모습이란 남궁미의 말마따나 괴이하다고밖에는 표현이 안
됐다.

거기서 단 한 번만 그런 일이 일어났더라면, 산적들을 학
살한 어떤 괴이한 사건이 일어났겠거니 하고 넘어갔을지도

모른다.

온갖 일이 일어나는 중원 아닌가.

그런 중원에서 밝혀지지 않거나 쉽게 해석되지 않는 사건이 일어나는 것쯤이야 이해를 하고도 남을 일이었다.

하지만. 의문이란 게 끊이지 않았다.

'복잡한 기운이야. 대체……'

기감이 좋은 운현이니만큼 한번 느낀 기운은 더욱 쉽게 읽게 된다.

하물며 생명의 기운인 선천진기와 정반대가 되는 죽음의 기운에 가까운 기운이지 않았나?

운현으로서는 그런 기운을 잊으려야 잊을 수가 없는 일이었다.

그의 기감에 완전히 각인이 되다시피 한 기운이었다.

어쨌거나 그런 죽음의 기운을 기감에 잔뜩 새기면서,

"여기서는 더 알아볼 게 없겠군요."

"흠…… 아쉬운데요. 흔적이라면 흔적인데……."

산채가 있었던 곳에서 한참의 시간을 할애했던 운현과 그 일행이었다.

알아보기 위해서다.

죽음의 기운과 이번에 역병이 퍼진 사태에 무슨 상관관계가 있는 게 아닐까 싶어 시간을 할애한 거다.

산속의 낮이 짧기는 해도 밤이 다가오기까지 조사를 했으니 꽤 오랜 시간 조사를 했던 터.

그럼에도 얻은 것은 그다지 많지 않았다.

죽음에 가까운 기운이 운현의 선천진기에 반응하며 사라진다는 것.

그리고 이 기운은 죽음에 가까우면서도 또한.

"독에도 가까운 듯하지만…… 시독은 또 아니고. 흠…… 어렵구려."

"당가는 세상 만물을 독이라고 보지 않습니까?"

"그렇긴 한데…… 하, 이건…… 이 당 모가 독인이라고 안 봤겠소? 전혀 다릅니다. 섞인 느낌이오."

"섞였다라."

당가의 당기재가 보기에도 그 의미를 알 수 없는 그 어떤 기운을 가지고 있었다.

어떤 기운들이 섞였다는 결론. 특히 부정적인 기운이 섞였다고 하는 것에는 이견의 여지가 없었다.

'같은 결론이군.'

운현으로서도 당기재와는 다른 식으로 접근하기는 했지만 같은 결론이었다.

하나의 기운이라고 하기에는 무언가 섞인 기운이다.

죽음, 독, 병, 부정적인 것들. 그 어떤 것들이 잔뜩 섞여서 되레 찾기가 힘든 느낌이랄까.

'그래도 가장 가까운 건 죽음이긴 한데.'

그나마 가까운 것만 찾아낼 수 있을 뿐. 역시 어렵다.

완전히 혼합된 기운이다.

그래도 최대한 찾아보려 고민하고 고찰하였으나.

"후아. 더 알아봐도 같은 것만 반복되는구려."

"흐음······."

"여기서 연구소를 차릴 것도 아니고. 저게 역병과 관련이 있다면 또 나오겠지요. 역병은 여기서만 일어난 게 아니지 않소?"

"그것도 그렇겠군요."

결국 시간을 할애하고도 더는 흔적이나 무언가를 알아낼 수 없다는 결론만 내리고서는 움직였을 따름이었다.

어쩔 수 없는 일이었다.

아무리 운현이라고 하더라도 처음 보는 것을, 척 보고 다 읽어낼 수는 없는 일이었으니까.

어쨌거나 그렇게 산채에서 느꼈던 이상한 기운에 대한 의문은 잠시 접은 채로 이동을 해 왔던 터.

그래도 그나마 찾은 흔적이라면 흔적인 터라.

"관도로 말고 다른 길로 움직여 보지요."

"그게 좋기는 하겠습니다."

운현의 말마따나 관도가 아닌 산길들을 살피며 걷기 시작했다.

당기재의 말처럼, 산채에서 봤던 그 혼합된 기운이 역병과 관련이 있다면 또 발견할 수 있지 않을까 생각해서였다.

그리고 이왕이면 관도보다는 산길 아니겠는가.

동창의 무사들은 관도를 몇 번 살피고도 남았을 터이니, 흔적을 찾는다면 산길 같은 곳에서 찾는 게 더 효과적일지도 모른다는 생각에 산길로 다니기 시작한 일행이었다.

"제가 가장 먼저 서지요."

"그게 좋겠소."

그렇게 해서 관도에서 산길로, 또한 이끄는 자가 당기재에서 운현으로 자연스레 바뀌었다.

그렇게 얼마나 이동을 했을까.

황천현을 향해서 남으로, 남으로 이동을 한 지 얼마 되지 않아.

"음?"

"설마……."

가장 앞에서 재촉하듯 움직이던 운현이 순간 멈춰 버린다.

일행 중에서 눈치가 가장 빠른 당기재가 운현의 그런 모습을 보고 흠칫 놀란다.

"따라오시죠."

가타부타 설명도 없다.

하지만 모두 바보는 아니기에, 또 다른 일이 일어났음을 직감하면서 같이 따라간다.

모두가 굳은 표정을 하고 있었다.

처음에는 걷듯이, 다시 경공으로 속도를 높이기 시작하는 운현.

점차 속도를 더해간다. 마치 가까워져 가면 가까워져 갈수록 더 빨리 탐색을 해낼 수 있다는 듯이.

턱.

어느 순간을 기점으로 경공으로 빠르게 움직이던 운현의 발이 멈춰버린다.

그리곤. 광경을 살피듯 주시하기 시작한다.

"......"

"......"

다른 일행들도 아무런 말이 없이 주변을 살피기 시작한다.

전에는 산채였더라면, 여기는 전혀 다른 공간이다.

"여기도군요."

"이번에는 화전민촌이로군요."

가옥 몇 개. 그나마 있는 가옥도 허름한 것들이 대다수. 그나마 괜찮아 보이는 가옥이 하나.

하지만 여느 양민이라면 잘 적응을 하고 살 만한 가옥들이 일행의 눈을 가득 채우고 있었다.

여기까지는 좋았다.

문제는.

"……후우."

가옥 주변에 있어야 하는 화전.

농사를 지어야 하는 공간이, 꽤 오랜 시간 동안 관리를 받지 못했다는 듯 푸르른 풀로 가득 찬 상태였다.

농사에 있어서 병충해를 잡는 건 기본 중의 기본이라는 걸 생각하면 있어서는 안 되는 모습이었다.

그래. 그래도 그나마 농작물들이 관리받지 못하는 건 넘어간다 치자.

하남에 역병이 들이닥친 지가 언젠가.

벌써 오랜 시간이 흘렀다.

그러니 아무리 소문에 늦은 화전민촌이라고 하더라도, 뒤늦게 역병의 소문을 듣고 짐을 쌌을지도 모를 일이다.

일반 양민과 달리 화전민은 이미 한 번 자신의 터를 옮겨 본 경험도 있지 않은가.

생각보다는 더 쉽게 화전의 장소를 옮길 수도 있는 일이었다.

분명 화전만 보면 그리 결론을 내릴 수가 있었다.

차라리 역병이 소문이 돌고 화전민들이 떠나갔다는 그런 결론이 계속해서 내려졌다면 얼마나 좋았을까.

문제는.

'그게 아니라는 게 문제겠지.'

따로 있었다.

미처 역병의 소문을 못 들은 건지, 화전민촌 안에는 죽음의 기운이 가득했다.

허름한 가옥에도 시체가 있었고, 조금 상황이 나아 보이는 가옥에도 시체가 있었다. 여기저기가 시체다.

그리고 그 시체들 모두 역병에 걸린 흔적이 있었다.

그나마 이것도 역병이 유행했으니, 안타깝기는 해도 이해하고 넘어갈 수 있었을지도 몰랐다.

화전민촌에 제대로 된 의원이 있을 리 만무하지 않은가.

그러니 갑작스레 들이닥친 역병에 대항을 하기는커녕 바로 죽어버렸을 수도 있었다.

보통이라면 그러고 이해하고 넘어갈 수 있었을 거다. 보통은 분명 그렇다.

하지만 운현은 지금 이곳조차도 보통의 일이 일어나지

않았음을 알 수 있었다.

'어찌 역병이 일어나는 일이 보통이라고 말할 수 있겠느
냐마는…… 하아.'

그가 터벅터벅 걸음을 옮긴다.

가기 싫은 곳을 가는 아이처럼 천천히. 그러면서도 어쩔
수 없다는 듯 계속해서 걸음을 옮기기 시작한다.

가야 할 곳을 안다는 듯 그의 걸음은 쭉 일직선이었다.

터엉—

닫혀져 있던 대문을 연다. 화전민촌에서도 가장 허름했
던 집이다.

그 집에서 살았음이 분명한. 허름한 옷을 입은 화전민들
의 사체는 우선은 무시한다.

대신에 그 안쪽으로 이어지는 곳, 창고로 썼을 곳이 분명
한 곳이 목적지였다.

화전민들이 애써 키운 곡물들을 보관해야 할 그곳. 창고
에는.

"또로군요."

"하."

발끝에서부터 푸르스름한 기운을 맺고 있는 사체가 운현
과 그 일행을 기다리고 있었다.

운현은 다시 다가가 또 살핀다.

두 번째 마주하는 기운이다. 온갖 더럽고 부정된 것들이 혼합된 기운이다. 이미 느껴본 바라 기운에서부터 뭘 느낄 것은 없었다.

대신에.

'여기서부터가 중심이 될 수도 있겠는데.'

이곳에서부터 병이 퍼져나갔을 수 있음을 가늠해 본다.

완전히 확실하지는 않지만, 어느 정도는 가늠을 할 수가 있달까.

'저번 산채에서보다는 정보가 많다.'

지난번 산채에서는 많은 정보를 얻을 수가 없었다.

중심에 있는 기묘한 기운을 머금은 사체로부터 이상한 기운에 대해 읽은 건 좋았다.

문제는 그 부정한 사체를 중심으로 죽어 있는 산적들의 시체였다.

무언가에 당하기라도 한 듯 일순간에 죽은 모습인지라, 거기서부터 무언가 정보를 얻을 것은 많지 않았다.

하지만 이번에는 달랐다.

부정한 기운을 머금은 사체는 하나.

그리고 그 사체를 중심으로 퍼져 나가 있는 역병의 흔적들을 살펴볼 수 있었다.

산채에서보다 화전민촌에서 죽은 자들의 수가 더 적기는

하지만, 흔적이라고 하면 여기가 더 많았다.

해서 몇 시진이고 다시 살피는 운현이었다.

그러고 나서 내려진 결론은.

"이 사체들이 역병을 퍼트릴 수도 있겠습니다."

"확실합니까?"

"십 중 육 할은요. 더 많은 곳을 살펴보면, 더 확실하게 결론을 내릴 수 있겠죠."

저 부정한 기운을 머금은 사체들이 역병을 퍼트리고 있을 수도 있다는 결론이었다.

십 중 육 할.

낮을 수도 있는 확률이지만, 운현이 말한 것이기에 다들 그 말을 쉬이 듣고 넘길 수가 없었다.

그리고 그 확률은 시간이 지나가면 지나갈수록 올라가게 됐다.

"여기도군요."

"하…… 이번에도인가."

산길을 타고 가면서 나오는 화전민촌, 산채, 표행을 위해서 움직이다가 횡액을 당했을 떼거리로 죽은 표사들의 시체들.

그런 여러 가지 흔적들과 그리 얼마 떨어지지 않은 곳에서부터 발견되는 흔적들.

그것들이 운현이 처음 말했던 십 중 육 할이라는 확률을 점차 높여줘 갔다.

'조직적이다.'

분명 무언가 있음을, 또한 한 가지 진실을 향해서 계속해서 안내하듯 보여주고 있었다.

第九章
황천현

화전민, 산채, 산길.

인적이 드물다 할 수 있는 곳에 혼종된 기운을 머금은 사체들을 다수 발견한 일행.

의문이 생길 수밖에 없었다.

'대체 동창은 왜 저런 걸 발견치 못하는가.'

'발견하고도 말하지 않는 것인가?'

'발표를 않는다 해도, 운현 정도에게는 말을 할 수도 있었을 텐데?'

하는 그런 여러 가지 의문들이 문뜩문뜩 생기는 것까지는 어쩔 수 없는 부분이었다.

이 상황까지 왔음에도 동창에서는 계속해서 아무런 흔적도 찾지 못했다 말하는 게 웃기지 않은가.

인위적으로 역병이 퍼지는 것이 알려진 이상, 그들도 역병에 대한 책임은 피할 수 없을 터.

작은 흔적이라도 찾게 되면 그걸 과장해서라도 보고해야 할 상황 아닌가.

공을 크게 늘리거나, 자신들의 과를 지우기 위해서라도 동창으로선 작은 거라도 발표해 크게 키워야 할 참이었다.

그런데도 이런 시체들과 관련해 아무런 말도 없다니.

'몇 가지 중 하나겠지…….'

이 시체들을 발견했으나, 입을 닫아야 할 만한 이유가 있다거나.

그도 아니면 이 시체들을 발견해 놓고도 누군가 알리지 못하도록 막고 있거나.

하는 그런 이유들이 있을 게 분명하다.

그렇지 않고서야 지금까지 운현에게 이런 사체들이 알려지지 않은 것도, 하물며 신의인 운현에게 이런 사체에 대해서 알아보라 말하지 않은 것도 해석이 되지 않는다.

우스운 상황이다.

'어쩌면…….'

말도 안 되는 상상일 수 있겠지만, 문득 운현의 머리로 하나가 스쳐 지나간다.

영철.

일행에게 지도까지 줘가면서 탐색을 하라 말한 건 영철이
아닌가.

동창의 사람들이 한창 탐색을 할 것을 알고 있으면서도,
기밀이나 다름없는 지도까지 줬다.

그것도 정성스레 쓰여진 서류로 최대한 자신이 아는 정보
를 준 것은 덤이었다.

그걸 생각해 보자면, 이곳으로 일행을 보낸 영철도.

'무언가 직감하거나…… 느끼고 있는 바가 있겠지.'

무언가 제대로 일이 돌아가지 않고 있다는 걸 알고 있었
을지도 모르겠다.

그러니 겉으로는 동창을 믿는 척하면서도, 또 한편으로는
운현의 일행을 지도와 정보까지 줘 가며 보냈을지도 모른다.

'어렵군.'

생각을 해 보니 복잡하다.

이럴 때면 정면 돌파가 답인 적이 많았다.

마음 같아서야 영철에게 직접 물어보고 싶은 운현이었다.

하지만 지금의 영철은 이미 황녀에게로 떠난 지 오래이지
않은가. 물으려야 물을 사람이 없었다.

그러니 아쉬움만 삼키고, 머리를 굴려가며 해결해 나갈 수

밖에 없다.

'그래도 전혀 실마리가 없는 건 아니니……'

어쨌거나 이상한 기운이 맺혀진 시체를 찾았다.

동에 번쩍 서에 번쩍 하는 동창이란 곳에서도 저 시체를 숨기려 한 건지, 놓친 건지는 모르겠으나 그 사체 자체가 큰 흔적이 된다.

죽음에 가까운 기운은 자신이 익힌 선천진기와 상극.

덕분인지 선천진기를 통해서 정화를 해 나가면서 기운을 느끼면 느낄수록 더욱 쉽게 탐색이 가능해지고 있었다.

좀 더 쉽게 느끼기 시작했다는 소리다.

과연 이런 기운을 쉽게 느끼기 시작한 게.

'화인지 복인지는 모르겠군……'

그에게 좋은 것인지는 모르나, 시간이 갈수록 기운을 더 쉬이 느끼게 되는 것은 사실이었다.

기감 발전. 안 그래도 강한 기감이 여러 종류의 기운을 읽어가면서 더욱 강화되어 가고 있다.

이걸 좋아해야 할지 말아야 할지는 모를 일이다.

사체들을 찾아가는 것에 도움은 되지만, 사체를 찾았다 해서 현 상황을 해결하는 데 도움이 되는 건 아니었으니까.

"……."

"……."

괜스레 머리가 복잡해진다.

운현이나 일행이나 모두 마찬가지다. 여러 이야기를 해 보아야 암울한 이야기만 될까 싶어, 대화를 조금씩 삼가는 분위기다.

그 침묵이 꽤나 길었다.

황천현이 점차 가까워지는 상황. 목적지가 가까워짐에도 그 분위기가 깨어지지 않고 있던 상황이었다.

무언가 쉽게 이야기를 꺼내기에는 무거운 주제밖에 없는 상황이었으니 일행으로서도 어쩔 수 없었을지도 모른다.

그러다가.

"이상하지 않아요?"

운현과 둘만 있는 자리라면 모를까. 평소에는 자주 말을 꺼내지 않는 남궁미가 가장 먼저 침묵을 깼다.

"뭐가 말입니까?"

그 말을 운현이 받는다.

"이 시체들요. 동창에서 대체 왜 이걸 숨기려고 했을까요?"

"……그렇게 판단하셨습니까?"

동창이 숨겼다.

운현도 비슷한 생각을 하기는 했다. 일행도 그리 생각을 했을 거다.

운현의 일행이 사체를 보라고 누군가 황천현 가는 길에 던져놨을 확률은 희박하니까.

그러니 동창이 숨겼다고 생각하는 게 가장 타당한 일일는지도 몰랐다.

"예. 그 동창이 발견을 못 했을 리가 없잖아요. 단일로는 하오문이나 개방 이상인데요."

"……그렇긴 하죠."

"그런데도 성과가 없다고만 말을 했죠. 정보를 찾지 못했다고요. 이리저리 동창 무사들이 움직이는데도요."

"그랬었죠."

"이런 시체들이 버젓이 있는데도 아는 게 없다 하는 건…… 역시 숨기고 있다는 거밖에 답이 안 나오잖아요. 결국 동창에 뭔가 있는 게 아닐까요?"

"……."

이쯤 되면 확인 사살이다.

남궁미의 말은 논리적으로 반박할 거리가 없었다.

운현으로서도 어떤 답을 하기가 힘들었다.

동창은 황궁의 조직. 그러니 황궁에 속한 동창을 건드리면 때로 역모로 취급받기도 한다.

허나 그런 이유로 아무 말을 못 하는 것은 아니었다.

운현 정도 되는 사람을 역모로 엮기에는, 당장 신의라는 명성이 두터웠다. 운현을 건드리면 동창이라 해도 잃을 게 많았다.

전이라면 모를까 지금에 이르러서 운현의 명성은 최고조에 다다랐다고 봐도 됐다.

무림인으로서는 아니더라도 의원으로서는 분명 그러했다.

그러니 운현이 다소 말을 실수한다고 해서 그걸 구실 삼아, 역모죄로 몰아넣는다?

아무리 천하의 동창이라고 해도 그건 힘들다.

다만 운현이 남궁미의 말에 대답을 하지 않음, 아니 못함은.

'너무도 무거운 주제지……'

남궁미가 말하는 바가 너무도 무거운 이야기이기 때문이었다.

그녀의 말은 역병으로도 모자라, 그 역병에 관련된 자들 중에 동창에 속한 이들이 있을지 모른다는 소리다.

그렇다고 한다면, 그때는 과연 어디서부터 어디까지 조사를 해야 할까.

어쩌면 이번 역병을 퍼트린 자들이 암중 조직과 같은 자들이라면?

그럼 그들은 과연 어디부터 어디까지 뿌리를 퍼트리고 있는 것일까.

호북에도 영향력을 끼치는 것도 모자라, 역병으로 성 몇 개를 혼란시킬 정도라니.

생각만 해도 아득하지 않은가.

단순히 무림의 세력이 아니라.

'그 이상…….'

상상 이상의 어떤 세력이 도사리고 있는 것일지도 모른다.

어쩌면 예로부터 황궁을 노리고 무림을 노리던 여러 조직들이 합심하여 일을 도모하고 있는 것인지도 몰랐다.

그렇기에 운현으로서는 아무런 말도 하지 못한 채였다.

다른 이들도 마찬가지인지.

"……."

"……."

오로지 침묵만이 가득한 상황.

아까보다도 더 무거운 침묵이었다. 주제를 꺼내지 않았더라면 모를까, 주제가 꺼내지고도 이런 침묵이라니!

안 무거울 수가 있겠는가.

그게 괜스레 어색하고, 민망했던지.

"험험. 그런 걸 고민하기보다는 당장 눈앞의 것부터 처리해야 하지 않겠소? 그리고 오늘 만들 약이 더 있지 않소? 치료제 말이오."

가만 상황을 지켜보던 당기재가 다른 주제를 꺼내온다.

약을 그리도 만들기 싫어하던 당기재가 먼저 치료제를 이동하면서 만들자고 이야기를 꺼낼 정도였다.

그걸 운현이 받아들였다.

"치료제야…… 항상 재료가 넘치죠. 당장 만들면서 움직일까요?"

"커흠…… 뭐. 재료에 약력을 축적하는 거 정도는 쉬우니…… 오늘 좀 더 만들지요. 날도 좋은데. 안 그렇소?"

"하하…… 그렇죠. 그럼 뭐 저도, 재료부터 더 약효를 강화해야겠군요."

"커흠, 부탁하오!"

그렇게 이동하면서 약을 만들기 시작한다.

당기재로서는 남궁미가 꺼낸 무거운 주제를 토론하기보다는, 일단은 주제를 피하기를 택한 셈이다.

운현으로서도 당장 동창에 관련된 남궁미의 이야기를 들어줄 줄 수 없으니 한 발 뺀 셈.

그 모습이 마음에 안 드는 건지.

"……음."

작게 침음성을 삼키는 남궁미였다.

남궁미로서도 이 무거운 주제를 꺼내기까지 꽤 고민을 했었을 터.

같이 이야기를 하고, 어떤 확신을 갖고 싶기에 이야기를 꺼냈을지도 모르겠다.

하지만 답은 침묵.

혹은 당기재처럼 주제에도 상관없는 이야기가 나오니 그녀가 침음성을 삼키는 거 정도는 당연한 일일는지도 몰랐다.

일행이 그런 남궁미의 모습을 흘끗 본다.

그들도 남궁미가 어떤 부분에서 기분이 상했을지 정도는 알지만, 어째 말을 더 이어가기는 힘들었다.

"커흠, 이거 재료가 실하구려."

"그렇네요. 재료를 가져다 줄 때 신경 좀 썼나 봅니다."

무거운 주제는 일단 피할 수밖에 없는 법이었다.

일종의 '보류'랄까.

당장 이야기를 한다고 해서 해결을 할 수 없으니 넘기는 거다.

허나 당장은 넘긴다고 해서.

'피한다고 피해질 일은 아닐지도 모르지.'

자신과 전혀 상관없는 일이 되는 건 아니었다.

동창이 조금이라도 관련되어 있을 수도 있는 이 상황.

역병에 대해서 추적을 해 나가는 이 상황에서 과연 이 무거운 주제를 언제고 덮어두기만 할 수 있을까?

당장은 피한다고 하더라도 언젠가는 직면할 '문제'인 것은 확실했다.

어쨌거나 사체를 보면서 쌓은 의문.

사체 덕분에 강해져 가는 기감. 치료제를 만들어 가면서 쌓여 가는 비법들.

그러한 것들을 잔뜩 안고 온 채로.

"오오. 드디어 도착인 듯합니다!"

"그렇군요."

처음 당가의 자제로 왔을 때만 해도 지니고 있었던 무거운 분위기는 어디로 가고 어느새 가벼운 모습을 가지게 된 당기재까지 덤으로 해서!

목표로 했던 황천현 어귀에 드디어 발길이 닿게 되는 운현과 그 일행이었다.

*   *   *

황천현 어귀.

"드디어!"

일행의 발길이 닿는다.

막상 움직인 기간은 그리 길지 않았지만, 많은 것을 경험하고 온 느낌이 드는 일행이었다.

곳곳에 등장하는 사체들이 있었으니 그들로서도 어쩔 수 없는 피로도가 쌓인 것이다.

그래도 이곳에 도착을 하기는 하지 않았나.

'그나마 좋군.'

상황이야 어찌 돌아가든 목적지로 한 곳에 도달했다는 것은 작은 기쁨이나마 줄 수밖에 없었다.

또한 그나마 황천현의 상황이 생각보다는 낫다는 것에서 그 기쁨이 조금은 더해졌다.

"다행히 분위기가 아주 나쁘지는 않아서 다행이지 않소?"

"의원들이 잘해 주기는 하는 거 같습니다. 불행 중 다행이지요."

황천현. 이곳 또한 역병이 지나간 곳이다.

운현이 남서쪽 어귀에서부터 치료를 시작해서 성의 중심을 향해서 올라가지 않았던가.

상황이 그렇다 보니 남동쪽에 가까운 황천현 방향은, 운현이 치료를 하던 곳에서는 먼 범위에 있었다.

거의 정반대의 위치에 있는 셈이다.

그래도 뒤늦기는 했어도 그의 손길이 닿기는 닿았다.

"오셨습니까?"

바로 지금 치료제와 운현의 일행을 맞이하는 자.

준의영. 의명 의방의 의원들 중에 하나다.

의원들 중에는 젊은 나이에 속하는지라 이대로 쭉 성장한다면 꽤나 전도유망한 의원이 될 게 분명한 이다.

그런 그도 의방 무사들이 아니라 후에 들어온 동창 무사들의 호위를 받아서 이곳에 오게 된 의원 중에 하나였다.

덕분에 일행을 맞이하는 자들 중 의방 무사들은 하나도 없었다.

그나마 의원 준의영도 잠시 짬을 내서 온 듯했다.

다른 의원과 함께 움직인 것으로 기억하는데, 나머지는 보이지 않기 때문이다.

시간이 한낮이기는 하니 치료를 위해서 나가 있는 것이 분명했다.

그는 몹시 피로해 보였다.

운현처럼 조사를 위해서 움직이는 게 아니라 치료를 위해서 움직이기는 했다.

그렇다 하더라도 직선으로 황천현으로 오는 것은 의원인 그에게 꽤 먼 길이 될 수밖에 없었다.

무공을 익혔다고 하더라도, 아직 삼류에서 이류.

그나마도 실전 경험이 없는 상황이니 체력적으로 도움은 되더라도 힘에 부칠 수는 있는 법이다.

그러니 어느 정도 피로감이 보이거나 초췌해 보이는 것 정도야 이해할 수 있는 일이다.

그런데도 피로감 한편으로 보이는 바가 있어 운현이 묻는다.

"오랜만에 봅니다. 여기까지 오려면 먼 길이었을 텐데요? 꽤 오래 있었던 듯합니다."

"하하. 애를 좀 썼지요. 어서 치료를 해야 하지 않겠습니까."

"대단하십니다."

"과찬이지요. 어디 신의님이 없었더라면 치료나 가능했겠습니까. 덕분에 보람찹니다!"

그의 말마따나 그의 표정에는 피로감만큼이나 보람이 가득해 보였다.

천생 의원이다.

여기까지 오는 시간 동안에 많은 이들을 치료하고, 또 치료를 하는 그 행위에서 보람을 찾은 듯 했다.

아마 일행을 마중 나오지 않은 다른 의원도 치료를 하느라 한창 바쁠 게 분명하다.

'사람은 잘 뽑기는 했어.'

처음부터 의방에 의원을 모집할 때 고르고 또 골라 뽑지 않았던가.

실력이나 명성은 당장 좋지 못하더라도, 의원으로서의 사명감을 가진 자들을 찾았다.

막상 모집하는 데는 힘들긴 했다.

허나 그 보람을 여기서 느낄 수 있었다.

치료제가 있더라도 역병은 역병. 인위적인 것이며, 독에 가까운 것이라 그 자신도 중독이 될 수 있음을 충분히 알 것이다.

그럼에도 이곳에서 와서 치료를 하고 또 거기서 보람을 찾다니!

의원에 대한 사명감이 있지 않고서야 그런 일이 될 수 있을 리가 없었다.

천직이 의원이 아니고서야 이 상황에 보람을 찾을 수는 없는 것이다. 그걸 보아하니, 운현도 보람을 느낄 수밖에.

'좋군.'

안 그래도 이곳에 도착하면서 조금은 풀렸던, 기분이 더욱 풀리는 것을 느끼는 운현이었다.

아직 해야 할 일은 산더미처럼 남아 있지만 그럼에도 한편으로 이런 보람이라도 느낄 수 있는 게 다행이었다.

"그럼 안내해드리겠습니다."

운현의 기색을 읽었을까. 준의영. 그가 더욱 보람찬 표정을 한다.

모든 의방 의원들이 그러하지만, 운현을 신의로서 존경하는 준의영 아닌가.

자신의 나이가 운현보다는 몇 살 더 많다고 하더라도 그가 운현을 존경하는 건 마찬가지였다.

그런 운현이 그를 보고 뿌듯해하니, 더욱 보람찬 표정을 할 수밖에.

"얼마든지요."

"옙!"

분위기 좋게, 준의영이 자신들이 치료를 위해 머무르고 있던 곳으로 안내한다.

가만 상황을 지켜보던 일행도 준의영의 뒤를 따른다.

황천현에서는 그 시작이 나름 좋은 셈이었다.

                    *   *   *

황천현 어귀에서, 의원들이 머무르고 있는 곳까지는 거리가 꽤 됐다.

가면서 눈에 띄는 장면들.

'그나마 희망이 있군.'

처참함보다는, 좀 나은 상황이었다.

분명 역병 때문에라도 문제가 있었던 곳은 맞다.

하지만 치료제 덕분인지, 치료가 이뤄지며 희망이 심어진 덕분인지 상황은 좀 나았다.

노점도 없고, 장도 열리지 않는 분위기지만.

"그래도 사람이 좀 있구려."

"그러니 다행인 거 같습니다. 처음보다는 훨씬 낫지 않습니까."

당기재의 말마따나, 조금씩 사람이 돌아다닌다.

역병으로 다 죽어가니, 피난을 해야 할 거라는 분위기도 보이지 않는 상태였다.

지금 힘들기는 해도 여기서 참고 버티다 보면, 다시 살아날 수 있을 거라는 희망이 분명 보였다.

거기까지는 분명히 좋았다.

희망이 생긴다는 것에 나쁠 것이 뭐 있겠는가.

역병이 돌게 되고, 다 망할 거라는 분위기보다는 훨씬 나았다.

'문제는 다른 것인데…….'

분위기는 좋다. 허나.

"이상한 사체 같은 걸 못 봤단 말이요?"

"죽은 시체가 안 이상한 게 어디 있겠느냐만은…… 다 역병에 걸린 시체였습니다."

"썩지 않는다거나 하는 시체가 없었다고요?"

"예. 그런 시체는 저도 잘 모르겠습니다."

"그렇다면, 이상한 기운이 맺혀 있는 시체도 못 본 것입니까?"

"예! 한 번도요!"

의문점이 생긴다.

동창 무사들이 사체를 숨길 수도 있다.

의원이라 해도 준의영은 무림인은 아니다. 무공을 익혔다고 하더라도 아직 기감이 강할 수는 없었다. 그러니 이상한 기운 따위는 느끼지 못할 수도 있다.

'사실 의원이니 더 기운에 민감할 수도 있기는 하지만……'

그조차도 그냥 넘어간다손 치자.

그래도 이상한 사체를 하나도 보지 못하다니. 그건 이상하지 않은가.

'사체들이 널린 건 아니지만……'

준의영과 그 동료 의원은 동창 무사들의 호위를 받으며 왔다.

운현처럼 조사를 위해서 움직인 것은 아니었다.

치료를 위해서 움직였다. 그러니 그들에게 가장 중요한 건 빠르게 움직이는 것이다.

빠르게 움직이기 위해서는 관도로 가는 편이 나았다.

운현이나 일행같이 무공을 높은 경지까지 익혔다면야 산길이 더 빠르겠지만, 일반인인 그들에게는 관도가 더 나을 테니까.

설사 관도가 역병으로 관리가 되지 못했다고 하더라도,

분명 그게 더 나았을 거다.

해서 거기까지는 이해를 할 수가 있는데. 문제는.

'관도로 움직였다고 하더라도, 시체 하나 정도는 마주할 수 있는 게 아니겠는가.'

운현이 산길로 움직일 때만 해도 수많은 사체들을 봤다.

화전민촌, 산채 가릴 것도 없이 많이!

그런데 관도라고 해서 이상한 기운이 맺혀져 있는 사체 하나 없을까?

말이 안 된다!

여기서 의문이 생길 수밖에 없게 된다.

어째서 이들은 사체를 못 봤을까.

준의영이 사체를 봐놓고도 운현에게 숨긴다?

'그럴 리가……'

다른 이도 아니고 의명 의방의 의원이다. 그들을 믿지 않을 수가 없었다.

게다가 지금 당장 운현을 바라보며 초롱초롱하니 눈을 빛내는 것을 보라.

존경심이 가득한, 호감 어린 눈빛이다.

남자가 그런 눈빛이 보내는 게 부담스럽기는 하기는 하지만, 분명 무언가 숨기는 눈은 아니었다. 확실하다.

그렇다면야, 이들은 정말 사체를 보지 못했다는 결론을

내려야 할 수도 있었다.

의원 의방들이 그를 속이는 게 아니라면 분명 그런 결론이 내려진다. 하지만.

'말이 안 되지 않는가.'

아무리 생각해도 말이 되지 않는다.

오죽하면.

"정말 맞는 거지요?"

"예, 예. 제가 설마 거짓을 고하겠습니까. 신의님께요. 말도 안 되는 일입니다."

잘 나서지 않는 제갈소화까지 나서서 되묻지 않는가. 말이 안 되니까. 그래도 답은 같다.

사체를 못 봤다. 역병에 걸린 시체만 봤을 뿐이다.

이상한 기운이 맺혀져 있는 시체?

"그런 건 정말 못 봤습니다."

보기는커녕, 이제 처음 들었다는 표정이다.

그를 믿기는 한다.

하지만 상황이 너무 말도 안 되서 일행이 의문 어린 눈초리를 보내고 있으려니.

준의영이 억울하다는 표정을 짓는다.

하기는 그의 입장에서 정말 못 봤다면 억울할 수밖에 없었다.

그러다 억울함을 풀기 위해서라도, 곰곰이 생각하는 표정
을 짓는다.

얼마 시간이 지나지 않아서 그가 조심스럽게 이야기를 꺼
낸다.

"음…… 사체를 말씀하시니 하나 걸리는 게 있기는 합니
다. 아니, 몇 번 일이 있긴 했지요."

"뭐가 걸리는 겁니까?"

그로서는 지금 상황에서 뭐라도 하나 실마리를 잡아야 했
다.

억울하다는 표정으로 조심스럽게 꺼낸 이야기.

"……그 동창 무사들의 호위를 받지 않았습니까?"

"그렇지요."

"저희는 특히 많은 호위가 붙었었습니다. 특이하게도요.
처음에는 먼 길을 가서 그러는가 했습니다."

잘해야 동창 무사 한 조가 붙었을 텐데.

그에게는 더 많이 붙었던가?

사소할 수도 있는 부분이라 운현은 거기까지는 기억하지
못했다.

운현이 잘 기억을 못하는 듯하자, 준의영이 기억을 상기시
켜 준다.

"한 조하고도 한 대여섯은 더 붙었습니다. 꽤 많지요? 여

기 온 의원은 저까지 둘인데도요."

"그건 그렇군요. 확실히 많습니다. 기억 났습니다."

드디어 기억이 난 운현이었다.

第十章
기억나다

머리를 뒤적이듯 회상을 하다 보니 떠오르는 게 있다.

'기억나는군.'

그때야 별거 아닌 거라고 여겨서 넘어갔지만 그리 오래된 일도 아니지 않은가.

그러니 제대로 기억한다.

의방의 무사들 수가 부족해서 동창의 무사들을 요청했을 때.

분명 그가 기억하기로 통상적인 이들보다 호위가 몇몇은 더 붙은 자들이 있기는 했다.

의원 하나당 동창 무사가 몇씩 붙는데, 더 붙은 경우가 있었다는 소리다.

본래 5명이 붙으면 10명이 붙는 그런 식이었다.

그때는 그것에 대해서 별 생각이 없었다. 그냥 넘겼다.

'안전을 위해선가 생각했지.'

다 이유가 있었다고 생각했다.

같은 하북성이라고 하더라도 지역마다 치안이 다를 수 있지 않은가.

어떤 곳은 덜 위험하고, 또 어떤 곳은 굉장히 위험한 곳일 수도 있었다.

'각각 위험도가 다르니까.'

실상 돌아다녀 보면 산적이고 뭐고 역병에 다 당한 상태이기는 하지만, 그때는 그리 생각했다.

본래부터 치안이 안 좋은 곳에 호위를 더 붙인다고 생각한 거다.

그러니 고마워하기도 했다.

위험한 곳에 호위를 더 붙인다고 한다면, 각각의 안전도가 더 올라갈 테니까!

안 그래도 의명 의방의 무사들이 부족해서 동창 무사들을 요청한 것이지 않은가.

그런 상태에서 그리도 꼼꼼하게 호위를 해주니, 더 말할 나위가 없다고 생각을 했을 정도다.

그때까지만 해도 분명 그리 생각을 했는데. 이제 와서 보
니.

"분명 이유가 있다 이건데. 흠······."

다른 이유가 있을 수 있음에 운현의 이마가 잔뜩 찌푸려
진다.

* * *

자신의 억울함을 알리기 위해서라도 그 뒤 준의영은 여러
가지를 말했다.

다른 무엇보다도 가장 도움이 되는 기억은 역시, 호위에
관한 부분이었다.

이야기가 설왕설래(說往說來)하고. 한참의 시간이 지나서
야.

"여깁니다!"

의원 준의영과 함께 온 다른 의원이 치료를 위해서 매진하
고 있다는 공간에 도착했다.

안내를 마친 준의영은 처음 운현을 봤을 때와 다르게 꽤
피곤해 보였다.

아무래도 의심 아닌 의심을 받았다 보니, 그로서도 심력

소모가 상당한 듯했다.

운현은 그 부분이 걸리기는 했다. 하지만 당장 상황이 급한 상황이지 않은가.

그 이상한 기운과 시체에 관한 부분은 역병의 실마리는 풀 수 있는 큰 열쇠였으니, 준의영의 심력보다 중요함은 당연한 이야기였다.

그래도 괜스레 마음이 쓰여.

"여러 가지로 고생했네. 내 의방에라도 돌아가면 약이라도 내주겠으니. 너무 괘념치 않았으면 하네. 미안하네."

"어이쿠. 아닙니다. 아닙니다."

의원 준의영에게 귀한 약까지 내주겠다는 제안을 해 버린다.

전이라면 의원이 영약을 먹어 봐야 소용이 없겠지만, 지금은 무공을 익혔으니 그 점을 고려한 거다.

따로 다른 걸 주기는 뭐한 운현으로서는 이게 최선인 방법이기도 했다.

그 마음을 안 건지, 아니면 영약 덕분인 건지.

"너무 괘념치 마시지요. 저도 일이 중함을 아니…… 괜찮습니다."

"그래도 마음이 쓰이는군. 오늘 고생했네."

"하하. 아닙니다. 그럼, 편히 쉬시기를……."

피곤해 보이기만 했던 준의영의 표정이 조금은 나아진다.

효과가 전혀 없었더라면 마음이 쓰였을 텐데. 다행이었다.

           *   *   *

준의영이 물러나고. 남은 일행.

운현이 그들의 가장 앞에 서서 숙소 겸 치료소라고 안내를 해 준 곳을 바라본다.

'투박해도 정갈하군.'

건물 자체는 중후함 같은 것은 없었다.

지은 지 오래되지는 않은 곳인지 투박해 보이는 면도 없지 않아 있었다.

그래도 그 크기는 분명 컸다.

역병 환자들의 치료를 위해서는 그만한 공간이 필요했으니, 임시 치료소치고는 잘 잡아뒀다 할 만했다.

곳곳에 쳐 있는 임시 천막이 비어 있는 것으로 보아서는, 준의영의 말마따나 환자들의 치료도 꽤 잘 이뤄지고 있는 듯했다.

환자의 치료가 제대로 이뤄지지 않았더라면 아직까지도 저 천막에는 환자들로 가득했을 거다.

'다행이군.'

의원을 보낸 운현의 입장으로서는 치료가 잘 진행되고 있다는 것만큼이나 위안이 되는 일은 또 없었다.

그나마 마음 한편에 차 있던 무거움이 조금은 풀리는 느낌이었다.

하기는 이곳 황천현에 처음 들어섰을 때. 분위기가 나쁘지가 않았다.

절망보다는 나름 희망에 차 있던 분위기였다. 꽤 잘해 주고 있다는 방증이었다.

그러니 일단은 역병 환자에 관한 부분은 운현이 따로 신경을 쓰지 않아도 될 상황인 듯했다.

문제는.

"동창 무사들이 걸리는구려? 그렇지 않소?"

"맞습니다. 흠……."

당기재의 말마따나 동창 무사들이 걸리는 상황이다.

상황을 보아하니 호위를 몇 더 붙여준 것이 뭔가 이상한 부분이었다.

제대로 된 호위를 위해서 붙여주는 건가 싶었는데, 그게 아닌 듯한 분위기이지 않은가.

동창에서 뭔가 이유가 있어서 붙여준 듯하다.

'숫자에 뭔가 있다. 그들 사이에 뭔가 있을 수도 있고.'

그게 아니면 따로 누군가 연류되어 있는 게 아닌가 싶다.

어느 쪽이라고 하더라도, 좋은 상황은 아니다.

동창에도 역병에 관련한 자가 있다고 한다면, 그건 그거 대로 어마어마하게 머리가 아픈 상황이다.

그래도 우선은 더 파악하기 이전에.

"들어가지요. 여기저기 눈이 있을 테니."

"흠…… 그게 좋겠소."

"예."

시선을 끌기보다는, 아무것도 모르는 척 안에 들어선다.

동창 무사들이 또 어디서 감시를 하고 있을지 몰랐다. 역병에 관련된 자도 살펴보고 있을지도 또 모를 일이다.

운현의 기감이 탁월하여, 그들이 몰래 관찰을 하기 어렵다 해도 사람 일이라는 게 또 모르는 일 아닌가.

그러니 조심을 하기 위해서라도 모두가 조심스레 안으로 들어선다.

"휘유. 그래도 안은 안락하구려."

"그럴 상황은 아니지만 좋긴 하군요."

황천현에 오기까지, 산길만을 돌아서 오던 일행 아닌가.

준의영이 꼼꼼하니 준비했을 안에 들어오니, 투박하던 외관과 다르게 쉴 만한 장소가 그들을 기다리고 있다.

"제가 여기서 쉬지요."

"그럼 저희는 저기로 하겠습니다."

짧지만은 않았던 여정의 피로를 풀려는 듯 각자 방을 잡고 들어간다.

들어가는 그들의 모습은 자연스러워 보이기만 했다.

별일이 없던 것처럼. 지금 상황에 아무런 의심도 없는 듯 보이기만 했다.

하지만 그들 모두의 눈빛 한편에는 분명 지금 상황에 대한 의심이 제대로 담겨 있었다.

어쨌거나 그들 일행 모두가 황천현에 도착했다.

막상 도착해서 의문을 풀기보다는 더한 의문들만 더해지는 상황이 그들을 무겁게 짓누르고 있었다.

*　　　*　　　*

한두 시진쯤 지났을까.

남녀칠세부동석이라는 말이 무림인에게는 그닥 통용이 안 되긴 하지만 각자 숙소로 하는 방은 모두 따로 잡은 상황이다.

"뭐가 걸리는 게 많군…… 흠."

그 안에서 운현도 복잡하니 머리를 굴려갔다.

어찌 조사를 진행해야 할지. 동창 무사들은 어디서부터 어디까지 의심을 해야 할지 그런 것들이 그의 고민의 대상.

복잡할 수도 있겠지만, 그로서는 당연히 해야 될 일이었다.

해서 시간이 가는 줄도 모르고 한참을 머리를 굴려 가며 고민을 하고 있는 상황에서 낯익은 목소리가 들려온다.

"신의님, 잠시 안에 들어도 되겠습니까?"

"으음?"

아까 안내를 해 줬던 준의영이었다.

"무슨 일인가? 들어오게."

"예. 그럼……."

운현의 허락을 받은 그가 들어선다.

"무슨 일인가?"

"그게…… 일이 급하심은 압니다만은 작게 자리를 마련했다 합니다. 연회까지는 아니고…… 식사 자리로…… 신의님을 초대한다고."

"동창에서인가?"

"그렇습니다."

동창에서 선공을 날리는 건가.

아니면 의심을 피하기 위한 정면 돌파?

어느 쪽인지는 알 수가 없었다.

하지만 저쪽이 초대를 한다면. 이쪽에서 피할 이유는 전혀 없었다.

캥기는 것이 있는 쪽이라고 한다면, 저쪽이지 이쪽은 아니라고 확실히 말할 수 있는 덕분이다.

그렇기에 운현은 피하지 않았다.

"가겠네. 얼마나 있다 가면 되겠는가?"

"반 시진 후쯤이면 확실히 준비가 된다고 합니다."

"반 시진이라. 좋군."

급하게 부를 법도 한데, 예의는 지키는 상황인가 보다.

반 시진 정도라면 뭔가를 상의하기에도 딱 좋은 시간이다.

'나쁘지 않다.'

과연 저쪽에서 무슨 이유로 부르는지는 몰라도 가 볼 만한 상황이었다.

"일행은 내가 따로 기별을 넣어서 함께 가지. 먼저 가서 쉬고 있게나."

"그럼…… 이따 뵙겠습니다."

준의영이 조심스럽게 물러난다.

물러나는 그의 표정에서 왠지 모르게 긴장감이 물씬 풍겼다. 동시에 피로한 기색이 역력했다. 아까의 일도 있고, 여기까지 와서 치료를 하는 동안 꽤 고생을 한 듯하다.

'심력 소모가 많은 듯하군.'

하기야 저들도 타지에 와서 고생하고 있는 처지가 아닌가.

지금까지 잘해 내는 동안에도, 피로가 쌓였을 것은 당연한 이야기였다.

이번 일이 끝나고 돌아가게 된다면, 아니 이번 일이 끝나일단 모이기라도 하면 그때는.

'의원들이나 무사들이나 전부 신경 좀 써줘야겠어.'

어떤 방식으로라도 보상을 해 줘야겠다 생각을 하는 운현이었다.

타지에서 사람들 치료하겠답시고 전력을 다하고 있는데 그 정도 보상쯤이야. 당연히 해줘야 할 일 아니겠는가?

언제고 저들을 챙겨줘야겠다고 생각하면서,

"흐음…… 그럼 데리러 가 볼까."

운현이 몸을 일으킨다.

숙소에 들어서고 나서 심사숙고를 하느라, 달리 미동도 않던 그가 드디어 몸을 일으킨 게다.

"식사가 있다 하덥니다."

"흠…… 그래요?"

그리곤 바로 당기재부터 시작을 해서, 일행을 모두 불러들이기 시작했다.

　　　　　*　　　*　　　*

　상의를 했다.

　어찌 대처를 해야 할지. 하지만 막상 보지 않고 할 수 있
는 말이 얼마나 되겠는가.

　간단한 것들 정도만 상의를 할 수 있었을 뿐이다.

　"우선은 저쪽에서 이상한 낌새는 눈치채지 못하도록 합시
다."

　당기재의 말마따나, 이쪽에서 뭔가를 깨달았다는 걸 알려
주면 안 됐다.

　기운에 관한 사실도, 시체에 관한 사실도 우선은 이야기
하지 않기로 했다.

　"놀라게 하는 건 별로일까요?"

　"흠……."

　남궁미의 말처럼 기습적으로 이야기를 꺼내서 상대를 당
황케하는 방법도 있기는 했다.

　상대가 예상하지 못하는 부분에서 치고 들어가는 건 때로
큰 효과를 낼 때가 있으니까.

　하지만 그것도 사람 나름이다.

　'그래 봬도 동창 무사야. 거기다 동창에서 몰래 일을 도모
할 정도라면…….'

동창 무사가 어디 보통인가.

황궁의 조직. 그것도 핵심 조직 중에 하나가 동창이다.

그런 동창에 속한 자가 과연 보통일까?

어지간한 자보다는 훨씬 나을 것이 분명하다. 능력이 없어서야 동창에 들지 못했을 테니까.

그런 자에게 기습이랍시고, 시체나 기운에 대해서 이야기를 하는 것?

"그건 좀 어려울 거 같네요. 대비를 하겠죠. 아니면 경계심만 더 얻거나요."

"흐응…… 그럴지도 모르겠네요."

그게 쉽게 될 리가 없었다.

잘못하다가는 저쪽에서 얼마 안 남았을 흔적을 완전히 지울지도 몰랐다.

게다가 동창에서 이 일에 전혀 관련이 없다면?

아주 낮은 확률이고, 이미 상황상 의심이 가기는 하지만 저쪽이 시체와 관련이 없을 수도 있는 거였다.

그런 상황에서 아군이나 다름없을 동창을 공격하듯 말한다?

이런 큰 일을 두고서 그런 짓을 벌여서야 내분만 일어난다.

지금이야 자신들의 상황상 조용히 하고 있지만 워낙 콧대

높은 조직으로 소문난 게 동창 아닌가.

괜히 잘못 찔렀다가는 그 대응을 감당키 힘들지도 몰랐다.

지금부터라도 비협조적으로 나오게 되면 고단한 길이 될 수밖에 없는 것이다.

고로 증거를 확실하게 잡을 때까지는 이대로 있는 게 맞았다.

그렇다 보니 상의를 해도 별다른 이야기가 나올 게 없었다.

조심히. 아주 조심스럽게 상대를 살피자는 정도로 결론이 내려졌다.

그렇게 시간이 지나가고.

"갈 시간이군요."

"후우. 제대로 해 봅시다."

초대받은 시간이 다가왔다.

第十一章
단출하다

 '역시 면인가.'

 흔히 사천이면 매운 요리가 유명하고, 하북이면 면 요리가
유명하다는 말이 있다.

 그런 하북성의 특색을 반영하는 건지 연회 자리에는 특히
면 요리가 많았다.

 화려해 보이는 음식, 제대로 공을 들여서 만들어야 하는
음식은 생각 외로 적었다.

 하기는 아무리 괜찮아지고는 있다 해도 역병이 돌았던 곳
이다.

 '이 정도면 꽤 괜찮지. 아니 생각 이상이야.'

상황이 좋아졌다 해도 한계가 있는 법 아닌가.

상을 거의 가득 채우듯 채워진 요리들만으로도 충분히 사치하고 있다고 말하기에는 부족함이 없었다.

다만 사치를 즐기지도 않는 운현이 상을 가만 바라보며 평을 한 이유는.

'신경을 꽤 썼군.'

어쨌거나 초대받은 손님으로서 동창이 어떤 식으로 나오는가를 보기 위함도 있었다.

적당한 화려함, 어쩌면 사치하는 정도.

그러면서도 정중하니.

"오! 오셨습니까! 눈이 벌게지도록 기다리고 있었습니다."

운현을 맞이하고 있는 자를 가만 보고 있노라면 나쁘지는 않은 대접이며, 좋은 자리였다.

"따로 상석은 안 놓았습니다. 여기를 바꿀 수도 없는지라……."

"괜찮습니다."

"하하. 이해해 주셔서 감사합니다. 다들 앉으시지요."

원형의 탁자. 그 위에 잔뜩 쌓인 음식들을 사이에 두고, 하나둘씩 자리를 잡는다.

'저자가 조장이었던가.'

이곳 황천현에 투입된 동창 무사들을 책임지는 자가 바로 이 자리를 이끌고 있는 자였다.

날렵한 자가 대부분인 동창 무사치고는 그는 꽤 근육질의 몸이었다.

몸이 두꺼워 보였다.

동창의 무사. 그것도 조장 정도 되는 자가 게으를 리가 없다.

게으르면 가만있어도 도태되는 곳이 황궁의 동창이다.

저자가 저리 두꺼운 몸을 하고 있는 건.

'외공이군.'

그가 익힌 무공의 특성 때문일 거다. 외공.

정확히 어떤 외공을 익히고 있는지는 몰라도, 동창 무사이니 제대로 된 것을 익혔을지도 모른다.

'호신무. 익룡현투공, 그 외의 것이려나? 모르겠군.'

어마어마하게 단련된 솥뚜껑만 한 손을 보아하니, 특이하게 권각술을 사용하는 게 분명하다.

발재간을 써야 하는 퇴축은 일견 약해 보이기는 하지만, 정강이에서 느껴지는 두터움을 보고 있자면.

'주로 권을 날리고, 각술은 크게 한 방을 날리는 방식인가. 특이하군.'

나름 조화롭게 외공을 익히고 권각술로 무공의 균형을 잡는 자였다.

무공을 익히고 보면 보통 어느 한 가지가 도드라져 보이는데 눈앞의 조장은 그리 보이지 않았다.

"신의님께 정식으로 인사 올립니다. 송상후라고 합니다."

"이쪽이야말로 늦었습니다."

"늦으시다니요! 아닙니다!"

게다가 하는 짓을 보아하니, 덩치는 산만 한데 꽤 사람 비위를 맞출 줄도 알았다.

생긴 걸로는 곰인데 하는 짓은 여우다.

재밌는 자다.

이어서 계속 소개를 하는 자들이 있었다.

"저는 정인이라고 합니다. 이름이 특이하지요. 하하."

"저는……."

동창 무사들이었다.

분위기를 깰 필요는 없지 않나.

동창 무사들도 이미 알고 있겠지만, 일행도 정식으로 소개를 한다.

화기애애한 자리가 만들어진다.

겉으로는 누가 봐도 전혀 문제가 없는 그런 자리였다.

누가 본다면 좋은 식사자리를 가지고서, 나름 귀하신 분들이 모여서 친목을 다지는 자리라고 할 거다.

"이 좋은 날 술이 없음이 아쉽군요. 그래도 상황이 상황이니, 맛있게 들지요!"

송상후의 축사 아닌 축사로서 왁자지껄 식사가 계속해서
이어져 간다.

분위기 좋게.

그러면서도 견제하듯 일행을 포함한 몇몇의 눈이 빛난다.
작은 긴장이랄까.

참 묘한 분위기가 그려지면서, 시간은 계속해서 지나고 있
었다.

* * *

"후우……."

식사 시간 자체가 그리 길 리는 없었다.

아무리 길게 식사 시간을 잡는다고 하더라도 한계는 있는
법이다.

게다가 서로 할 일이 있었다.

어쨌거나 동창 무사들도 호위를 위해서 이곳에 있는 게
아닌가.

일행이야 당장은 괜찮다지만 애당초 서로가 가질 수 있는
시간에 한계가 있었다.

그렇게 끝이 난 작은 식사 시간.

당장은 달리 갈 곳도 없었기에 바로 숙소로 돌아왔다.

일행들도 같이 돌아왔지만.

"……."

겉으로는 침묵뿐이었다.

대신에, 전음을 날렸다.

[끝나자마자 모여드는 건 좋지 못할 수 있으니, 내일 이야기합시다.]

운현이 가장 먼저 날린 전음이었다.

[저희도 그럼 들어가서 생각해볼게요.]

[알겠어요.]

[흠…… 알겠소.]

답은 모두 동의. 하물며 형인 명학도 고개를 작게 끄덕이며 동의를 표해 왔다.

당장 식사 후에 자리를 가져 봤자 좋을 게 없다는 데 모두 뜻을 같이한 거다.

사실 식사 후 자리를 잡는 정도를 가지고 의심하는 거 자체가 웃긴 이야기기는 했다.

그래도 상황이 그렇지 않나.

'자연스럽게 보여야지.'

조금이라도 의심을 한다는 기색을 보이지 않도록, 최대한 노력을 할 따름이었다.

그렇게 들어 온 숙소.

이제는 익숙해졌다고 해야 할지, 모를 숙소 한편에 마련된 의자에 푹하고 자리를 잡는 운현이었다.

그리곤 지필묵을 꺼내든다.

"송상후, 정인, 저언수, 아칠, 김운……."

한 명. 한 명을 이름을 적는다.

혹시나 그들이 알아볼까 몰라, 한문이 아닌 한글을 흘려 쓴다.

오래 연구한다면 해석을 할 수도 있을지 모르겠으나, 당장은 누가 알 수도 없는 글이지 않은가.

암어 아닌 암어로 쓰기에는 제격이었다.

그러니 안심하고 정리한 바를 계속해서 쓴다.

가장 상위에는 송상후.

그 뒤로 이름대로 쓰면서, 관계도를 그리고 정리해 나간다.

'송상후는 잘 통솔하는 듯 보였어. 따로…… 기운이 이상하지도 않았지. 외공을 익혀선가?'

조장인 그는 우선 넘긴다.

정인, 저언수 등은 딱 동창 무사 같았다.

적당히 거만하면서도, 운현의 현 위치를 알아서인지 알아서 눈치를 보곤 하는 그 모습을 두고 다른 말은 하기 힘들었다.

다른 무사들 몇몇도 전부 그러한 편이었다. 당장 걸리는 사람은.

"김운……."

하나.

김운이라는 두 글자가 적혀 있는 그곳에 운현의 눈이 머무른다.

'기운이 정돈되지 않았어.'

동창의 무사치고는, 그 기운이 거셌다.

황궁의 무사들이라고 하면 보통 정파인들이 익히는 무공과 비슷한 것을 익힌다.

실용을 따지다 보니 패도적인 것을 익히는 경우도 다수 있기는 했다.

그래도 동창은 대부분 그러지 않았다.

정보를 다루는 자들, 또한 정보를 수집하기도 하는 자들이 동창의 무사들 아닌가.

그렇다 보니 패도적인 기운을 익혀서 눈길을 끄는 걸 즐겨하지를 않았다.

되려 패도보다는 세밀한 무공을 익히는 자들이 많은 게 동창이었다.

그런데 김운은?

'패도에 가까웠지.'

다른 이들과는 다르게 패도에 가까운 무공을 익혔다.

그 나름으로는 숨기려고 노력을 한 듯하지만, 운현이 직접 보니 눈치를 챌 수밖에 없었다.

그의 무공은 분명 패도 그 자체였다.

무슨 사연이 있지 않고서야, 동창 무사가 패도적인 무공을 익힐 경우가 있을까?

대다수가 비슷비슷한 무공을 익히고 나아가는 걸 생각하면 무공의 성격이 다르다는 거 자체가 이상하다.

같은 문파면, 같은 무공을 익히듯 같은 조직이면 비슷할 수밖에 없는 게 보통이다.

그게 아니라면.

'굉장히 예외적인 경우인 건데······.'

과연 이것이 어떤 실마리가 되어 주는 걸까?

다른 동창 무사들과 그가 익힌 무공의 성격은 다르니까?

아니면 운현이 너무 멀리까지 생각하는 걸지도 몰랐다. 과한 의심을 하고 있는 걸지도 모른다는 소리였다.

"어렵군."

괜스레 앓는 소리를 할 수밖에 없는 운현이었다.

무공 하나만을 가지고 의심을 하기에는 너무 약했다. 그렇다고 실마리라고 할 만한 것도 없다.

고민을 해 보지만 역시 답은 당장 나오지 않는다.

'무공이 아니라면……'

낌새나 분위기로 읽어보려 한다.

하지만 동창 무사가 거기서 거기 아닌가. 다 비슷한 분위기, 복장, 예를 갖췄었다. 이 역시 넘어가고.

'역시 기운이 숨겨져 있으려나.'

패도적으로 드러난 기운. 그런 걸 제외하고, 다른 기운이 숨겨져 있지 않을까.

이미 전에도 그런 경험이 있지 않았던가.

환화세공.

암중조직이 익혔던 무공만 하더라도, 기운을 숨기는 데 특화된 무공이었다.

꽤 대단한 무공이기도 했다. 비록 부작용이 있을지언정 강함, 아니 강해지게 하는 부분만을 놓고 보면 환화세공도 절학이었다.

파훼법을 알아내기는 했지만, 운현이 실제로 여러 가지로 응용하는 데 사용하기도 했던 무공이 환화세공이었다.

'꽤 대단한 것이지.'

아직까지도 그 무공의 모든 것을 아는 것은 아닌 터.

그래도 비록 적의 것이지만 대단하다는 것은 충분히 알고 있다. 환화세공은 어디에나 충분히 써먹을 만한 무공이다.

'그러니…… 흠……'

동창의 무사.

아니 동창의 무사라고 위장을 했지만, 실제로는 어딘가에 속해 있을지도 모를 누군가라면!

그런 환화세공을 익히고 있을지도 모르는 일이다.

다만 동창의 무사가 황궁 몰래 다른 무공을 익힐 수 있을 까?

라는 물음이 걸리기는 했다.

아무리 그래도 황궁인데, 동창 무사들이 다른 무공을 익히는 걸 파악치 못할까?

암만 등잔 밑이 어둡다고 하더라도, 때로 같은 동창 무사끼리도 파벌로 반목하기도 하는 것을 생각해 보면.

'걸릴 확률이 높다.'

다른 무공을 익히는 건 꿈에도 힘든 일이긴 했다.

역시 환화세공만으로 잡아 낼 수 있을지 없을지는 알기가 힘들다.

다시 미궁에 빠지는 느낌.

그래도 어째 그의 감이 말을 해주고 있었다.

'기운에 답이 있을 것 같긴 한데. 시체를 몰래 처리하려면.'

괴이한 기운이 담긴 시체.

지금까지도 꽤 의문인 그 시체는 운현이나 겨우 처리를 할 수 있다.

그런데 그걸 의원들에게서 몰래 숨긴다?

그러려면 뭔가 기운과 관련이 있어야 하지 않을까 하는 생각이 계속해서 든다.

'약이려나. 어렵군.'

그렇게 밤새 고민에 빠져들어 가는 운현이었다.

* * *

다음날.

운현의 숙소로 하나같이 모여들었다.

백지장도 맞들면 낫다고 하더니, 사람이 여럿 모이니 좀더 나은 결과를 낳기는 했다.

"이 당 모가 주변을 좀 살펴보겠소. 내 신의님만큼은 못해도 기운은 조금 읽을 줄 아니까."

"괜찮겠습니까?"

"저쪽도 대놓고 공격하지는 못하겠지. 그리고 기운 좀 읽는다는 게 무슨 큰일이겠소. 하하."

"흠…… 그것도 좋겠군요."

"적당히 할 거요. 이상한 일 있으면 내 바로 오지!"

바깥의 동태와 기운을 살피는 것.

그런 여러 일들을 당기재가 맡기로 했다.

운현에게 여러 가지로 일을 당해서 가벼워 보이기는 하지만, 그도 당가에서 알아주는 기재 중에 하나다.

'이름도 기재지……'

어쨌거나 그 정도 되면 그가 장담한 대로 여러 가지 기운을 잘 읽어 올 수도 있는 일이었다.

"흠…… 그럼 저는 혹시 사체가 숨겨져 있을지도 모르는 곳을 살펴볼게요. 아니면 작은 흔적이라도요."

"저도요."

남궁미나 제갈소화는 주변 흔적을 찾는 것을 맡았다.

타고난 눈썰미가 있는 데다가, 진법도 읽을 줄 아는 제갈소화 아닌가.

남궁미만 하더라도 나이가 아직 어리기는 해도 여러 가지로 경험이 많았던 여인이다.

오죽하면 남궁가에서 남궁미에게 여러 가지 임무를 따로 맡기고도 있는 지경.

상황이 그러하니, 그녀들이 나서준다면 어지간한 것들은 금방 알아낼 수 있을 것이 분명하다.

그리고 남은 것은 둘. 명학과 운현.

그 중에서 명학이 먼저 나섰다.

"큼큼…… 저도 뭔가 해야 할 거 같기는 하니. 보자."

전보다는 여유로워진 말투로, 곰곰이 생각하는 명학. 그
러더니.

"저는 좀 멀리 나가 보지요. 이 주변에 사체가 있을 거 같
지는 않고, 있다면 좀 멀리 있을 거 같습니다."

멀리 나가 보겠다 말을 한다.

그에 운현이 괜스레 나선다.

"위험할 수 있습니다, 형님. 아시잖습니까?"

걱정이다.

이미 한 번 크게 부상을 당했던 명학이지 않은가.

운현이 깨달음을 얻어서 운 좋게 치료를 했었다고 하지만
그건 어디까지나 운이 작용한 게 컸다.

준비가 되어야 얻어지는 것이 깨달음이지만, 또 한편으로
는 준비가 됐다 하더라도 어떤 운의 작용이 없으면 얻어지지
않는 게 깨달음이기도 하니까.

그런 의미로 운의 작용이 컸다 한 게다.

그러니 운현이 걱정을 할 수밖에.

정의롭고 올곧은 성격을 가진 명학이다.

이번에 주변을 탐색하겠다고 나섰다가, 또 어떤 일에 휘말
리기라도 한다면?

다른 일행을 부를 생각은 않고, 우선 나서고 본다면?

그때 또 부상을 당한다면 어찌하겠는가.

그때도 전처럼 운이 작용을 할 거라고는 장담을 하지 못할 일이다.

우스갯소리로.

한 번 죽을 고비를 넘기면 그 다음에는 그럴 일이 없다.

라는 말도 있기는 하지만, 그것도 어디까지나 우스갯소리일 뿐.

'또 어디서 당한다면······.'

아무리 무당의 제자로 보냈다지만, 부모부터 시작하여 운현 본인까지도 상심이 굉장히 클 게다.

운현의 걱정을 알 만도 하건만, 명학의 표정은 굳건하기만 했다.

그 굳건한 표정을 유지한 채로 입을 연다.

"괜찮다. 전처럼 욕심만 부리지는 않을 테니까."

"욕심이라니요."

"욕심이지. 나 홀로 모든 걸 끌어안고 처리하려 하는 것도 욕심이었다. 여러 가지로 깨닫기 전에는 그게 욕심인 줄을 몰랐지."

"······."

"그러니 걱정 말거라. 잘 다녀올 테니까. 조금만 낌새가 이상해도 바로 오마. 약속하지. 하하."

"형님······."

그가 가만 운현을 바라본다. 그 눈빛에는 진심이 담겨 있었다.

'형님은 형님인가······.'

전생까지 경험한 운현에게는 어린 나이이기만 한 명학이다.

그럼에도 그는 형이었다.

그 어릴 적 마보 자세가 힘들어서, 앓는 소리를 할 때도 장난을 걸어주며 위로하던 게 명학이다.

나이를 먹어가면서도 자신을 보면서 흔들릴 법도 한데 그는 언제나 정진일로를 해 왔다.

형제라고 해서 질투를 하기는커녕, 잘돼 가는 운현을 응원하고 자신의 길을 걸어가던 자가 명학이다.

둘째인 준환도 분명 그러하기는 하지만 명학처럼 든든할 정도는 아니었다.

'둘째 형이 들으면 서운하기는 하겠군······.'

어쨌거나 전생을 겪든 현생을 겪든 간에 앞으로도 이런 형제와 형을 만나는 건 보통 어려운 일이 아니었다.

전생을 겪어보았던 운현이기에 더욱 잘 알았다.

저런 형제는 어디서도 구하기 힘들다.

때로 남보다 못한 게 형제고 가족일 수 있는데, 저런 좋은 이들이라니. 좋다 못해 축복받은 인연이다.

분명 좋은 형이고 형제다.

부모님도 부모님이지만, 저런 좋은 형제가 있었기에 환생이라는 충격을 딛고 견딜 수 있었던 자신이다.

그래서 운현에게 항상 고마운 존재다. 형제고, 가족이라는 건.

그런 형이 믿어달라고 말하지 않는가.

그럼 믿어줄 수밖에 없다. 조금의 불안이 있다 하더라도.

명학이 휘휘 고개를 돌리며 일행에게 묻는다.

"그럼 괜찮겠지? 다들 동의하는 것 맞소?"

"음……."

"그게."

다들 눈치를 본다.

명학의 물음에 대한 답은 운현이 해 주기를 바라는 거다.

결국 운현이 어쩔 수 없다는 듯 말한다.

"어쩔 수 없지요. 다만 조심하셔야 됩니다."

"아무렴!"

"아 그리고. 흠…… 아끼던 거긴 하지만."

스윽.

운현이 품에 손을 집어넣는다. 그리곤 아주 작은 함을 꺼내어 든다.

당기재가 그걸 보고서 놀란 표정을 한다. 또 한편으로는 부러운 표정을 하기도 했다.

운현이 꺼낸 것을 정체를.

"허? 또 영약입니까?"

영약이라고 본 듯했다. 하지만.

"아닙니다."

운현은 고개를 휘휘 저으면서 아니라 말한다. 그리곤 명
학의 손에 꼭 쥐어주면서.

"독입니다."

"응?"

정체를 말한다.

독이라니. 신의인 운현이 독을?

약과 독은 한 끗 차이인지라 운현이라고 해서 독을 제조
하지 못할 리가 없었다.

아니 운현이기에 그 독은 더욱 강해진다.

당기재가 상상했듯이, 어지간한 독도 운현이 독성을 기운
으로 강화시켜 버리면 그건 절세의 독 중에 하나가 된다.

그런 운현이 품에 잘 담고 있다가 독이라고 주다니.

당장에.

"그거 볼 수 있겠습니까!"

당기재만 하더라도 놀란 눈을 크게 뜨고서는 함에 눈을
밝히고 있지 않은가.

운현이 가지고 다닌 독이라고 하니, 뭔가 범상치 않은 것이 있을 거라고 생각하는 것이다.

거의 본능과도 같은 반응이었다.

하지만 운현은.

"구명절초와도 같은 거라 힘들 거 같습니다?"

"허어…… 이럴 수가."

우선은 거절. 그래도 은근슬쩍 여지는 남겨 둔다.

"그래도 나중에 잘하면……."

"하하하……."

눈치 빠른 당기재가 서글픈 눈을 한다.

"……이 당 모가 열심히 하겠소이다. 약 제조에, 다른 것도…… 다."

그리곤 눈치껏 알아서 항복 선언을 한다.

그런 당기재를 보면서 얼핏 미소를 짓는 운현.

'악마다…….'

당기재로서는 그런 운현의 미소가 악마의 미소로 보이지만 어쩌겠는가.

칼 자루를 쥔 것은 운현 쪽이다.

'잘 써먹을 수 있겠지.'

어째 평생 운현의 마수로부터 벗어나지 못할 것 같은 당기재.

그런 당기재를 그대로 두고서, 운현은.

[사용법은 간단합니다. 우선은……]

굳이 전음을 이용해서까지 사용법을 명학에게 전한다.

얼핏 들을 수 있을 거라 여겼던, 당기재로서는 더 아쉬운 표정을 짓는다.

아무리 날고 기는 당가의 자재라고 하더라도, 그로서 전음을 읽어낼 방안 같은 것은 없기 때문이었다.

이대로라면 꼼짝없이 저 독약의 정체를 알고 싶어서라도 운현의 마수에 잡혀 있어야 할 판이었다.

어쨌거나, 그 다음 남은 건 바로 운현!

第十二章
종합검사

다들 말은 하지 않았지만 주의는 이미 그쪽으로 쏠려 있었다.

안팎을 탐색하면서, 깊게 조사하는 사이에 운현이 무엇을 할지가 정해지는 건 꽤 중요한 일이 될 수밖에 없었다.

어쨌거나 일행 중에 못난 자는 하나 없지만 가장 뛰어난 자는 운현이라는 데 이견이 있을 리가 없었다.

그가 어떤 행동을 하느냐에 따라서 향후의 향방이 달라질 수 있는 것이다.

심한 경우에는 그가 뭘 하느냐에 따라서, 지금까지 상의를 했던 것이 달라질 수가 있었다.

황천현을 떠나서 다른 곳을 조사하자고 한다면?

그대로 다른 곳으로 이전을 해야 하는 문제가 되는 것이다.

일행의 중심이 완전히 운현이니 이는 어쩔 수 없는 일.

그러기에 모두가 집중한다.

그걸 잠시 즐기듯, 가만 침을 삼키며 아무런 말을 않는 운현이다.

그러다 완전히 결정이 내려졌는지 닫혔던 입을 연다.

"우선은 한 보씩 나가는 게 좋겠죠. 저는 검진부터 할 겁니다."

"뭐요?"

"검진요."

"엥?"

검진이라니?

일행이 검진(檢診)이라는 단어의 뜻을 전혀 모르는 것은 아니다.

하지만 지금 상황에서 이런 단어가 나올 거라고는 생각지 못했던바.

다들 그 뜻을 못 알아들을 수밖에 없었다.

하지만 운현의 기운 덕분에 치료를 받았던 명학만큼은 그 뜻을 이해했다.

"직접 다가가서 보겠다는 거구나?"

"그렇죠."

"하기는 명분도 좋지. 그냥은 몰라도, 살피기 시작하면 그때는 이종의 기운을 숨길 수 있을 리가 없지."

"바로 맞췄습니다."

짧은 대화. 그 대화를 듣고서.

"그런 거구려. 이해했소이다!"

"아!"

다른 일행들도 금세 이해를 한다.

천하의 운현이지 않은가. 무려 신의라고 불리는 자가 운현이다. 그런 운현이 검진을 해주겠다고 한다.

명분이야 만들면 된다.

'의명 의방 의원들의 호위를 위해서 고생이 많다. 그러니 건강 검진이라도 봐 주겠다.'

라는 정도의 명분이면 충분할 거다.

그걸 꺼림칙해 한다면?

보상을 걸면 일은 더 쉬워진다. 조금의 출혈이 아깝기는 하지만.

'검진을 해서 체질에 맞춰서 영약이라도 주려고 한다.'

라는 말을 덧붙이기라도 한다면, 그때부터는 다른 사람들도 달라붙을지도 모른다.

자기도 검진을 해주고 영약을 달라고 붙을지 모른다는 소리다.

다른 이도 아닌 운현이 만든 영약이니까.

게다가 검진을 해서 체질을 보고 그에 맞춰 영약을 준다면?

그 효능은 확실하다 못해서 아주 완벽할 정도일 것이 분명하니, 소문을 듣고 달라붙지 않는 것이 더욱 이상하다!

'아주 좋은 일이지.'

명분을 떠나서, 동창 무사들이 호위를 해 준 것은 사실.

그런 자들에게 검진을 해 준다고 한다면, 그건 그거대로 호위에 대한 고마움을 표현한 것이 된다.

체질에 맞춰서 영약을 받으면 그건 그대로 동창 무사들에게 이득이 될 터이니.

서로가 좋게 된다. 아주 좋게!

그러다가 숨어 있는 이종의 진기라도 찾으면 그건 그거대로 조사의 성과가 나타나는 것인 터!

그만한 방법이 어디 있겠는가.

그걸 일행을 알아들은 거다.

"아주 좋은 방법이구려?"

"그렇죠? 하하."

명분으로도, 방식으로도 효율성이 나쁘지 않다. 아니 나쁘지 않은 정도가 아니라 아주 좋을 정도다.

그만한 게 없을 정도!

그러니.

"우선 바로 움직이죠."

"좋소이다!"

다들 꽤 괜찮은 방법을 찾았다는 것에 만족을 하며 움직이기 시작한다.

*　　　*　　　*

남궁미가 제갈소화를 호위하듯 뒤에 따라붙는다.

제갈소화가 남궁미보다 반 끗 정도 무력으로는 밀리는 터.

제갈소화도 여인의 몸으로, 운현과 함께한 경험 등을 통해 성장을 했지만, 남궁미도 만만치 않았다.

운현과 매일같이 대련을 벌이고, 그것을 반추하면서 성장의 밑거름으로 썼다.

실전에 가까운 대련.

아니 설사 실전에 가깝지 않다고 하더라도, 남궁미로서는 운현에게 자신이 가진 모든 힘을 쏟아 붓기를 여러 번 반복했던 터.

처음 대련에서야 조심스레 대련을 벌였었지만, 운현과 남궁미의 실력 차이가 어마어마하지 않은가.

그러다 보니 남궁미는 운현에게 마음껏 자신이 가진 기량을 뽐내며 사용해 댔다.

구명 절초라고 할 수 있는 비기들을 제외하고 거의 모든 것을 아주 열심히 쏟아 부었을 정도다.

거의 실전에 가까운 대련을 했다는 소리다.

거기다 그녀의 재능은 꽤나 좋은 편.

실전에 가까운 대련에, 그 외에 시간은 수련, 거기다 재능이 뒷받침된 반추까지!

그렇게 성장을 위해 집중을 했으니, 남궁미가 제갈소화보다 반 끗 정도 더 강력한 것은 당연한 일일는지도 몰랐다.

그렇다 해도 남궁미가 제갈소화의 호위를 할 정도는 아니었다.

무력을 떠나서, 제갈소화도 무림에서 말하는 재주라고 하는 것들을 여러 가지 지닌 여인인 터.

그렇다 보니 자기 일신을 지키는 데는 모자람이 없는 여인이었다.

누가 그녀를 호위해 준다고 하면, 신의인 운현을 제외하고는 되레 거절을 했을 거다.

아마 그녀가 조금이라도 자존심이 강한 성격이었다면, 비무라도 신청할 만한 일이다.

아녀자의 몸이라고 하더라도 무림에서 활동하는 무인에게, 호위를 해주겠다는 말은 너는 약하다는 말과 다름이 없을 수 있으니까.

허나 지금 상황만큼은 남궁미가 그녀를 지켜줄 수밖에 없는 상황이었다.

"어때요?"

"음…… 잠시……."

완전한 집중.

아미를 찡그리고서는, 누가 채가도 모를 만큼 집중을 하고 있는 제갈소화의 모습은 완전히 무방비였다.

그것도 너무 심한!

남궁미를 어느 정도 믿는 것도 있겠지만, 그만큼 그녀가 지금의 탐색에 꽤 집중을 하고 있다는 뜻이기도 했다.

"으음……."

하기는 그럴 만도 했다.

그녀로서는 꽤나 집중을 해야 했다.

'어렵긴 할 거야.'

그녀들이 서 있는 곳. 황천현의 안.

역병이 스쳐 지나가서 꽤 그 세가 줄어들었다고는 하지만, 황천현도 현이라고 불리는 곳이었다.

지금은 역병이 돌아 많은 이들이 역병을 피해 떠나거나, 혹은 이미 죽어서 그 수가 줄었다고 하더라도 땅 자체는 그대로였다.

역병이고 뭐고 상관없이, 자연이라고 하는 건 그대로 있다는 소리다.

그렇다 보니 조사해야 할 영역이 넓었다.

그런 곳을 단시간 내에 조사를 해야 하니 그녀가 무방비 상태가 될 정도로 집중을 하는 것도 어쩌면 당연하다 못해 어쩔 수 없는 일이었다.

"으음…… 흔적이 전혀 없는데…… 너무 깨끗해."

자신도 모르게 중얼거리는 제갈소화.

그런 그녀의 말을 남궁미가 대화하듯 받자.

"그래요?"

"되레 그게 이상한데…… 역병이 스쳐 지나간 지 얼마나 됐다고 이렇게 깨끗할까요?"

그제서야 정신을 차리고서 되묻는 제갈소화였다.

말은 되묻는 거였지만, 그녀의 눈빛을 보고 있노라면 남궁미의 대답이 중요한 게 아니었다.

대화를 하면서.

"대체 어떻게? 마치 누가 지운 거 같기도 해요."

"그렇다면 인위적인 건가요?"

정리를 해 나가고 있었다.

남궁미가 적당히 추임새를 넣는 거만으로도 그녀의 추측, 아니 추리는 점진적으로 나아가고 있기는 했다.

"그래도 기간이 꽤 지나기는 했으니까…… 으음. 어렵긴 하네요. 이럴 때, 가문의 단 하나라도 와주면 좋겠는데. 당장 하남에 있으니. 으음."

문제는 현실.

당장 그녀 혼자서 무언가를 해내기에는 걸리는 바가 많았다. 한 사람의 몸으로 최대한 한다고 하더라도 역시 걸리는 바가 많았다.

그래도 한 손보다는 두 손이 나은 터.

남궁미가 나선다.

"제가 도울 건 없을까요?"

"아."

"저도 부족하기는 해도 도와줄 수 있는 게 있을 거예요."

"미안해요. 정말로요. 정신이 없었네요."

"괜찮아요."

"휴우. 정신이 진짜 없었네요."

그제서야 잊었었다는 듯 남궁미의 존재를 새삼 느끼는 제갈소화.

'실수했네. 같이하는 일인데…….'

분명 함께 일을 하기로 해 놓고서, 혼자 너무 집중한 게 아닌가 하는 생각이 들어버린 그녀였다.

남궁미를 무시한 것은 아니었지만, 행동의 결과 자체가 무시하는 꼴이 돼 버렸다.

그녀는 홀로 탐색을 하느라 바빴고, 그런 그녀를 남궁미는 묵묵히 따라주고 있었으니까.

뒤늦게서라도 그녀는 자신의 실수를 정정했다.

"그럼. 여기 여기부터 봐주시겠어요? 기운부터 시작해서, 흔적까지요."

"음. 여기부터요?"

"예. 서로 다른 시선으로 보면 분명 걸리는 게 있을 거예요. 너무 깨끗하거든요. 마치 인위적인 거처럼요."

"좋아요. 그럼 해볼게요."

남궁미와 제갈소화.

처음 봤을 때는 어색하기만 했던 그녀들이, 조금씩 협력을 배워 간다.

그리고 그 협력을 통해서 점차 안으로, 안으로 살펴 들어가기 시작한다.

*　　　*　　　*

그녀들이 열심히 살피고 있을 그 시간.

그녀들보다도 더 이른 새벽에서부터 심법 한 번 돌리고, 나온 이가 있었으니.

책임감 하나만큼은 그 누구보다 뛰어나다고 할 수 있는 명학이었다.

"잘해 보자."

운현의 형이기도 한 그.

그는 신의의 형이라는 것에 주눅 들기보다는 자신이 할 수 있는 것을 찾았다는 것에 되레 기뻐하고 있었다.

천성이 착해서 질투를 모르는 그이기에 가능한 모습이기도 했다.

착한 성격만큼이나 타고난 끈질김과 참을성.

그 덕분으로 무당의 제자가 되기까지 했던 그가 조사를 맡았으니 얼마나 열심히겠는가.

황천현 어귀까지 달려오는 데 지쳤을 것이 분명한데도, 그의 눈빛은 처음처럼 또렷하기만 했다.

"이쯤부터 시작하면 좋겠군."

새벽부터 나서 놓고도, 그는 한낮이 될 때까지도 끊임없이 조사를 하기 시작했다.

황천현 외곽에 있는 곳들. 조금이나마 이상해 보이는 곳들. 사람이 숨기에 적당해 보이는 그런 곳들.

그동안 자신이 살아오면서 얻었던 경험들을 이용해서, 이 곳저곳을 끊임없이 살펴보기 시작하는 그.

그의 눈빛에는 진지함은 물론이고, 그의 성격을 보여주기라도 하는 듯 끈질김도 함께 들어가 있었다.

풀과 나무. 산이라고 하는 곳에 이런 것을 제외하고 다른 무엇이 있겠는가.

사방이 모두 풀과 나무 같은 식물뿐이다.

간간이 역병을 피한 동물들이 지나가곤 하지만, 그마저도 명학의 인기척을 느끼면 금세 사라지곤 했다.

인간이 위험한 것을 본능적으로 알고 있는 것이다.

그런 것들을 가만 살피기를 한참.

'임시 움막인가. 흠⋯⋯.'

사냥꾼이나 약초꾼이나 쓸 만할 움막을 하나 발견한다.

"보자."

내심 어떤 실마리라도 찾을 수 있을까 하고 기대감 어린 표정을 하는 명학.

처억.

관리가 되지 않았는지 움막의 앞을 가리기 시작하는 거미줄을 치우고 입구에 들어섰다.

그 안으로 들어서자.

"이런⋯⋯."

역병에 당한 건지 어쩐지 모를 사체들이 보인다.

무려 넷.

다들 성인이었다. 썩기 시작한 지 얼마 되지 않은 듯 보였다.

평상시의 명학이라면 일단은 화장을 하려고 준비를 했을 거다. 이런 곳에 사체를 둬서야 시독이라도 생성되면 그건 그거대로 재앙이나 다름없으니까.

하지만 당장은 이곳이 어디쯤인지 정도만 기억을 해 둔다.

속으로는 명복을 빌더라도, 해야 할 일이 있기 때문이다.

'우선 둬야겠군.'

기운을 빌어 황천현을 살피고 있을 당기재. 그를 불러와야 했다.

당기재. 그도 할 일이 많으니.

'당장 부르기는 애매하겠군.'

당장은 힘들다.

사체가 어디로 갈 일도 없고, 썩지 않는 시체도 아니라 잘 썩어가는 시체다. 그러니 당장 급한 문제로 보이지는 않은 명학이었다.

해서.

"다른 곳부터 살펴야겠군."

이곳을 기억해 놓고서는 움막을 떠나기 시작한다.

다음에 꼭 당기재와 와서 조사를 하고, 그 조사가 끝나고 나서는 화장이라도 해 줘야겠다고 생각하면서.

"후우. 가 보자."

그 자리를 떠나가는 이명학.

허나 명학이 떠나가고 얼마 뒤.

스윽. 슥.

움막의 주변에서 작은 움직임이 있었다.

오로지 풀숲으로 이루어진 곳에서 갑작스러운 움직임이라니. 이곳을 떠난 명학으로서는 생각지 못한 움직임이었을 거다.

동물의 움직임일까?

동물이라면 그건 자연스러운 일이었다.

사람에게는 시체가 문제가 될 수 있겠지만, 동물들에게는 귀한 먹잇감이 될 수 있음이었다.

잔인하다고 할 게 아닌 그게 자연이 돌아가는 방식이었다.

하지만 그런 것은 아니었다. 대신에.

"……"

그건 사람이었다.

오로지 침묵만을 지키고 있는 인형(人形).

그가 한참 동안이나 이명학이 있던 자리를 살펴본다.

그러다 이내 뭔가 깨닫기라도 한 듯 황급히 움직이기 시작한다.

일행이 모르는 사이 분명 무언가 움직이고 있었다.

＊　　　＊　　　＊

그사이 당기재.

그도 오전부터 나왔었지만 성과라고 할 만한 것을 얻지는 못했다.

되려 움직이다가 동창 무사 하나를 만났는데, 그 무사와 시간을 보낼 수밖에 없었다.

"황천현을 보신다고요?"

"그렇소이다."

동창이 의심스러워서 조사를 한다고 말을 할 수가 없지 않은가.

운현보다는 못해도 기운을 읽을 줄을 아니까, 수상한 기운을 찾아 움직이고 있다는 말은 더더욱 할 수 없는 일이었다.

그렇다 보니. 동창 무사가.

"그럼 제가 안내해 드리지요. 무려 신의님의 일행 아니십니까! 길을 잃으실 일은 없겠지만, 편히 움직이시게는 해드려야지요."

호의로 안내를 해 주겠다고 하는데, 그 안내를 안 받겠다고 말을 할 수가 없었다.

은근슬쩍 거절을 해 보지만.

"의원들 호위를 하셔야 하는 일 아닙니까?"

"하하, 괜찮습니다. 비번입니다. 거기다 여기에 오고부터는 호위도 그닥 필요 없는 거 같습니다. 아무래도 한곳만 지키면 되니까요."

"……그래요?"

"예. 하하. 제가 대단한 곳들을 몇 압니다. 객점도요. 역병도 버텨낸 곳이지요! 대단치 않습니까?"

"그렇……구려."

넉살도 좋은 동창의 무사는 되레, 당기재에게 슬쩍 달라붙으며 안내를 계속해서 자처했다.

눈도 살짝 빛나는 것이 신의와 함께 온 당기재에 대해서 호감이 넘치는 것이 분명했다.

하기야 자세한 상황을 모르는 사람들은 신의를 찬양하기만 하더라도, 동창의 무사들은 분명 안다.

신의가 치료제를 만드는 것은 사실.

하지만 거기에 일조한 사람 중에는 분명 당기재도 있다는 것을 정보를 다루는 동창 무사들은 분명 알고 있는 것이다.

그렇다 보니 신의인 운현에게는 물론이고, 당기재나 제갈소화와 같은 다른 일행들에게도 호의를 갖는 동창 무사들은 많기만 했다.

지금 동창 무사가 이런 호의를 보내는 것도 당연한 일이었다.

되레 적의를 보내면 그게 더 이상하게 보였을 거다.

그러니 당기재가 어찌할 수가 없었다.

'제길. 명분도 없는데.'

당기재로서는 그런 동창 무사의 호위를 무시할 명분이 있으려야 있을 수가 없었다.

조사를 한다고 말도 못 하고, 그렇다고 여기서 거절을 하자니 동창 무사의 완벽한 호의를 무시하는 처사가 되지 않는가.

안하무인의 성격이라면 모를까.

천하의 당가 자제인 당기재라고 하더라도, 동창 무사의 호의를 무시할 수는 없는 일이었다.

특히나 지금처럼 조심스레 조사를 해야 하는 상황에서는 더욱 그랬다.

뭔가 이상한 낌새라도 보였다가는, 조사가 더 어려워질

수 있는 문제였다.

그렇기에. 결국 몇 번이고 내빼던 당기재로서도.

"크흠, 그럼 부탁드리겠소이다!"

"좋습니다! 대단한 곳들을 보여드리지요!"

더는 내빼지 못하고, 수락을 해버린다.

안내를 해달라고 말을 할 수밖에 없었다.

그래도 그는 자신의 본분을 완전히 잊지는 않았다.

'에이 모르겠군. 차라리 이참에 동창 무사들을 염탐하는 게 낫겠어.'

차라리 이참에 잘됐다 싶었다.

기운을 읽어서 조사하는 것은 못 한다고 하더라도, 동창 무사들로부터 무언가 얻을 수 있을 수도 있지 않은가?

안 그래도 지난번에 가졌던 작은 연회나 다름없던 식사는 그 시간이 너무 짧았다.

서로 소개를 하고 작은 한담 정도는 나누기는 했지만 딱 그 정도.

무언가 정보를 얻고, 이상한 행동을 캐내기에는 그 시간이 짧아도 너무 짧았다.

해서 운현이나 일행으로서도 동창 무사들의 인적사항 정도나 알아냈지 그 이상은 알아내지 못했다.

그래서 동창 무사들을 직접적으로 조사는 못 하고, 이렇게 황천현 주변이나 살피면서 움직이고 있는 거 아니었던가.

'잘해 보자. 잘하면 생각 이상으로 파낼 수 있어.'

마침 동창의 무사들도 신의인 운현은 어려워하는 편이지만, 상대적으로 그 일행에는 호감 정도만 보일 뿐 어려워하지는 않았다.

운현은 어린 시절부터 대단한 명성을 보인 걸 알지만, 당기재나 다른 오대 세가의 자제들은 솔직히 운현에 비해서는 끗발이 부족하기 때문.

차라리 이 호감을 잘만 이용하면. 그때의 짧았던 식사시간에서는 얻지 못했던 어떤 정보들을 얻을 수 있을지도 몰랐다.

'인간 관계 파악이 조사의 시작이기도 했지.'

그때의 식사시간에선 보지 못했던 것.

동창 무사들 간의 친분 관계. 그 사이에 있는 반목. 호감. 그런 것들을 읽어내면 조사에서 꽤 많은 이득을 얻을 수도 있음이었다.

그렇게 생각을 하고 보니 이렇게 동창 무사를 우. 연. 찮. 게 만나게 된 것도 참으로 기쁜 일이었다.

그때부터 당기재의 표정이 조금은 밝아진다.

마음가짐을 바꾸게 되니, 지금의 자리도 불편하기는커녕 적당하니 상대를 캐내기에 좋은 환경이라는 생각이 든 덕분이다.

당기재가 진심으로 기대를 하는 듯 말한다.

"어디 어떤 곳인지 한번 기대해 보지요!"

"기대뿐이겠습니까? 꽤 마음에 드실 겁니다."

"하하. 그럼 이 당 모는 음식을 대신해서, 좋은 이야깃거리라도 꺼내야겠구려?"

"이야기라고 하심은?"

"식사에 좋은 이야기가 빠지면 되겠습니까. 이참에 동창 무사님들과 친분 좀 나눠봐야겠습니다! 어디 가서 이 당 모가 동창에 연줄 좀 있다 해도 되겠지요?"

그에 동창 무사는, 처음 느꼈던 당기재의 꺼림칙함이 사라져서인지 몰라도 더욱 기쁜 표정을 짓는다.

당기재에게 좋은 곳을 소개하고 함께 이야기를 나눌 수 있다는 것에 진심으로 행복해하는 모습이었다.

표정 그대로 당기재에 대한 호감이 있어서 그럴지도 몰랐다.

"하핫, 저야말로 영광입니다! 그럼 뫼시겠습니다!"

"부탁하지요!"

"예! 이쪽입니다!"

본의 아니게 주변의 기운을 살피는 것에서, 동창 무사와 친분을 나누고 염탐을 나누는 것으로 임무가 변경되게 된 당기재.

'이럴 때도 있군⋯⋯.'

어쩌다 보니, 첩자 노릇과 비슷한 걸 하게 되었지만 그건 그 나름대로 재미있다고 느끼는 당기재였다.

과연 이것이 재미만으로 끝날지는 모르겠지만, 당장을 즐기는 당기재를 두고 욕할 일은 아니지 않은가?

앞으로 두고 볼 일이었다.

第十三章
실행을 하다

　대상운 객점.

　객잔과 식당을 같이 하는 듯하지만, 상황이 이러하니 객점은 반쯤 폐업을 한 상태인 듯했다.

　그래도 용케 가게를 열어 놓고 있는 게 대단했다.

　전쟁터에서도 돈을 벌겠다는 상인들이 넘친다고 하더니, 역병의 폭풍이 지나간 한가운데에서도 이런 가게가 있는 것이다.

　여기 말고도 몇몇 객점이 문을 열고 있는 것을 보면, 역시 상인들이란 어딘가 남다른 데가 있기는 했다.

　무인이 무공에 집착을 한다면, 상인들은 돈에 집착하는

것을 보여주는 일면이겠지.

돈이든 무공이든 어느 쪽이든 나쁜 것은 아니었다.

다만 서로의 가치관이 철저히 다를 뿐이다.

그런 객점에 둘이 발을 들일 때까지도 동창 무사는 쉼 없이 말을 건넸다.

"여기 대단한 면 요리가 있더군요. 역시 하남입니다. 상상도 못 하던 맛이었지요."

"하하, 그 정도입니까?"

추임새를 넣으면서.

"예. 새로 개안을 하는 느낌이었습니다. 놀랐습니다."

"본래는 하남에서 근무를 하지 않으셨나 봅니다?"

조심스럽게 정보 아닌 정보를 캐묻는 당기재.

"그렇지요. 이번 일이 있어서 급하게 들어온 겁니다. 역병만 아니었으면 하북 쪽에 있었을 테지요."

"그렇군요."

"하북도 좋은 요리가 많기는 하지요. 그래도 여기서 개안하니 세상이 전혀 다르게 보이덥니다. 근무지가 하남이었으면 할 정도로요. 제가 면 요리를 이리 좋아하게 될 줄은 몰랐습니다!"

"허어. 그거 대단하구려!"

하북이라.

그럼 이 동창 무사도 호위를 위해서 동창 무사들을 요청할 때에 온 무사인가.

그런데 이렇게 근무지를 쉽게 말해도 되는 것일까?

'둘 중 하나겠지.'

하나는 이 동창 무사가 당기재에 호의가 있어서 그런 걸 거다. 자신의 근무지 정도는 쉽게 말할 정도의 호의.

하지만 과연 그렇기만 할까?

'말이 안 되는데……'

다른 곳도 아니고 동창이다.

정보를 다루며, 자신들끼리도 반목해 가면서 정치판을 벌이는 곳이 동창이라는 곳이다.

그곳의 무사라고 하는 자가 과연 자신의 정보도 제대로 다루지 못하는 정신없는 자일까?

그럴 리가!

말이 안 된다.

그렇게 어리숙해서야 동창의 무사가 될 수 있을 리가 없었다.

'뭔가 있거나. 이자가 경험이 없거나. 흠…… 얕게 생각하면 그런 정도고.'

깊게 생각을 해보면 역시 이 동창 무사도 뭔가 이상하다.

그가 조사를 나섰는데, 이렇게 우. 연. 히 만나는 것도 뭔가 이상하지 않은가?

의심이 또 다른 의심을 낳는다는 말이 있는데, 어째 한번 의심하기 시작하자 걸리는 바가 많았다.

그런 당기재의 내심을 아는지 모르는지.

"하하, 왜 그러십니까? 혹시 어떤 걸 골라야 하는지 고민되십니까?"

동창 무사는 하염없이 호감 어린 표정을 지으면서, 당기재에게 친근함을 표할 뿐이었다.

'마음을 놓지는 말자. 그래도 너무 이상하게 보여선 안 되겠지.'

이상하게 보여서는 안 됐다. 처음 그의 호의를 받아들일 때처럼, 친근감을 표하는 것이 제일 좋았다.

그러니 당장은 그에게 친근감을 보여야 했다. 계속해서.

잠시지만 굳었던 표정을 푸는 당기재다.

신의 운현을 상대할 때처럼 푸근한 표정을 짓는다. 그리곤.

"하하, 그럼 추천 좀 해주시겠습니까? 어떤 면이 개안을 시켜줬는지 도무지 모르겠습니다!"

"청포육이라고 있습니다. 여기 객잔만의 요리라더군요. 당장 시켜보지요. 여기!"

"예이, 예이!"

둘의 분위기를 아는지 모르는 지 객잔의 점소이가 쪼르르
뛰어온다.

"여기 청포육 두 개! 대단하신 분이니 잘 좀 부탁하네!"

"어이쿠! 아무렴요! 요즘 제일 귀한 게 손님 아니십니까!
제 숙수님께 최고 실력을 발휘해 달라 따로 말하겠습니다
요!"

"하하. 이거 넉살도 좋구만! 좋네! 좋아!"

넉살도 좋은 점소이 아닌가?

동창 무사의 복장을 모르더라도, 그 복장을 보고 있노라
면 뭔가 있겠구나 싶을 텐데도, 잘도 넉살을 부린다.

그걸 받아주는 동창의 무사도.

'동창 무사치고 넉살이 넘치는데?'

다른 동창 무사에 비해서 너무도 호탕하지 않은가.

처음 친근감을 보이는 것도 그러하고, 역시 여러모로 생
각할수록 재미있는 동창 무사다. 또 어떤 면으로는 웃기는
이이기도 했고.

"아, 그러고 보니 재밌는 이야기를 해 주신다고 해주셨지
요?"

"하하. 그렇죠. 어디 보자. 이 당 모가 당가에 있던 이야
기부터 하면 재밌겠구려."

"오오! 그거 좋습니다!"

속은 어떻든 간에, 겉으로는 그 누구보다 정답게 이야기를 나누기 시작하는 둘이었다.

"당가가 그렇습니까?"

"오오!"

"아무렴 그렇지!"

별의별 이야기가 오고가면서도, 서로 탐색하기를 계속.

화기애애함이라는 가면을 쓴, 작은 정치판이 둘 사이에서 그려지고 있었다.

*   *   *

그사이.

별채라고 할 만한 곳을 한 자리 차지한 운현이었다.

어렵게 할 것도 없었다. 이곳에 있는 의원 중 하나, 준의영을 불러 말했다.

"내 자리를 하나 마련해야겠네."

"치료에 나서시려는 겁니까? 여기 중한 환자는 많지 않습니다만은. 아, 그래도 오해는 마시지요. 제가 어찌 감히 신의님의 의료를 막겠습니까?"

"그런 게 아니네. 치료는 자네들로서도 충분한 것을 알고 있네."

환자는 몇 명이라도 치료를 함이 맞다.

하지만 이미 급한 환자들은 이들의 손으로 치료를 해냈다. 또한 증상이 있는 자들도, 이들이 이미 잘 치료를 해내고 있었다.

이들이 만든 성과다.

여기에 신의인 운현이 끼어든다면, 이들의 성과는 묻히게될 거다.

당기재가 운현과 함께 치료제를 만들었음에도, 그에 대한 명성은 운현에게로 전부 집중된 것과 마찬가지다.

운현으로서는 공을 탐하거나, 저들이 애써 해 놓은 공을 가로챌 생각도 없었다.

'의방 의원들도 어서 명성이 올라야지. 그래야만 퍼져 나갈 테니.'

되레 기꺼이 자신의 공도 나눌 수 있음이었다.

자신의 명성도 명성이지만, 의방 의원들의 명성이 올라가게 되면 그건 그거대로 의방이 크는 데 도움이 되기 때문이다.

또한 의방이 커지면 커질수록, 그 명성으로 말미암아 더욱 많은 의원들이 몰리게 될 거다.

그럼 그 의원들로 많은 환자들을 또 치료할 수 있음이니!

운현으로서는 저들이 크는 것에 대해서 불만이 있기는커

녕, 오히려 몰아줘야 할 판이다.

그게 운현이 생각하는 명의. 진정한 의미로서의 명의로 다가가는 일 중에 하나이기 때문이다.

'급한 환자가 나타난다면 그때 내가 나서면 될 일이지.'

그러니 치료를 위함이 아니다.

치료가 아니라는 말에 준의성이 은근한 표정으로 궁금증을 표해 온다.

과연 신의인 운현이 치료가 아님에도 따로 자리를 마련하라고 한 이유가 무슨 의미인지 궁금한 것이다.

"그러시다면?"

"자네들을 호위해 준 동창 무사들이 있지 않은가?"

"그렇지요. 역병이 몰아쳐서 위험이 없기는 하지만……꽤 열심히 해 주었습니다. 물론. 이상한 거는 있었지만요."

"잘 아네."

한번 의심을 받았던 준의성 아닌가.

동창 무사들에 대한 호감을 표하면서도, 또 한편으로는 자신이 의심을 받지 않을까 걱정하는 모습을 보이는 그다웠다.

얼핏 보면 겁이 많은 모습으로 보이지만, 다른 한편으로 보면 꽤나 인간적인 모습이기도 했다.

"그건 걱정 말게나. 자네의 생각은 아니. 어쨌건 중요한 건 그들이 자네들의 호위를 잘했다는 게 중요한 거 아닌가?"

"험험, 그렇지요. 정말 잘 해줬습니다."

"그래서 그들을 위해서 자리를 마련하려고 하네."

"무엇인지요? 알려주시면 그에 맞춰 준비를 하겠습니다."

"하하. 고맙군. 그러니까……."

검진에 대해서 설명을 해 준다.

검진을 하고 그에 맞춰서 영약도 줄 생각이 있다는 것까지 넌지시 말을 하는 운현이었다.

건강 검진의 진짜 이유는 당연히 말을 하지 못한다.

준의성을 의심해서? 그럴 리가.

이미 의명 의방은 한 번 홍역을 치렀다.

환화세공을 통해서 약을 제조하고, 그를 통해서 첩자가 있는지 없는지를 이미 살펴보았다 이 말이다.

몇 번이고 살펴본 바인지라, 적어도 환화세공을 익힌 첩자는 있으려야 있을 수가 없었다.

그러니 준의성을 의심해서는 아니다.

의명 의방의 의원들은 의심하지 않는다.

다만 조심을 할 뿐이다. 잘못 입을 놀리거나, 작은 실수로도 동창에서 무언가 이상함을 눈치챌 수 있었다.

어쨌거나 저들은 황궁에 속한 중원의 최고 정보 조직 중에 하나니까.

매사 조심하는 게 나았다.

해서 진짜 이유는 숨기는 채로 건강 검진에 대해서 설명을 했을 뿐이지만.

"그거 대단한 생각이십니다! 호오, 미리 검진이라니! 생각도 못했습니다! 부자들이나 쓸데없이 치료를 한다 여겼거늘…… 그런 것도 대단한 생각이십니다!"

잔뜩 감탄을 해 버린다.

검진이라는 것.

병이 있기 전에 미리 건강 검진을 한다는 것.

그 자체에 대해서 감탄을 해버리는 것이다. 그는 굉장히 놀란 표정이었다.

하기야 그럴 만도 했다.

'검진이라는 거 자체가 생소하긴 하겠군. 신기하기도 하겠고.'

환자는 많은데 의원은 없는 게 중원이다. 그건 굳이 중원이 아니더라도 이 시대에 사람들에게는 누구에게나 통용되는 이야기였다.

그런데 건강 검진이라니?

의원에게 치료를 받을 환자들도 부족한데, 아직 병도 안 걸린 자를 검진하고자 나서는 자가 몇이나 되겠는가.

준의성의 말마따나, 부자들이야 직속으로 의원을 고용하고 치료를 하게끔 하는 자들도 많기는 했다.

운현만 하더라도 그의 스승인 왕 의원이 운현에게 보약을 해 주겠답시고 왕진을 하러 오지 않았던가.

하지만 운현처럼 아예 검진이라는 개념을 대놓고 말하는 자는 없다고 봐도 무방했다.

그러니 준의성이 보기에는 감탄이 일 수밖에!

"그야말로 예방 아닙니까! 상비약도 그래서 미리 준비토록 하신 거군요?"

"하하……."

막상 말을 한 운현이 어색해할 만큼 눈을 빛낸다.

'이거 일이 커지겠는데.'

그의 기세로 보자니, 아까 전만 하더라도 자신이 의심을 받을까 걱정을 하던 그런 모습은 사라진 지 오래다.

되레 지금 운현의 앞에는 '검진'이라는 것에 대해서 미친 듯이 눈을 빛내고만 있는 준의성만 남아 있을 뿐이었다.

"이거 정말 획기적입니다. 어서 이야기를 해 봐야겠습니다. 아니죠, 전서구라도 써보는 게……. 흠…… 토론를 해 봐야 할 거 같습니다."

"……그러시게나. 아니, 아니지."

별일이 없을 때 의명 의방에서, 의원들끼리 토론을 하는

것을 즐기기라도 했는지. 벌써부터 전서구 이야기를 꺼내든
다.

'조금은 시기상조인 거 같기는 한데.'

아무리 역병 문제가 점차 잦아들고 있다지만, 완전히 역
병 문제가 사라진 건 아니었다. 조사도 더 해야 하는 터.

그런데 이런 식으로 흥분을 할 줄이야.

운현으로서는 정말 생각지도 못한 곳에서 놀란 느낌이었
다.

"아직은 자제하게나."

"헛, 왜 자제를…… 이건 정말 획기적인 겁니다. 어서 의
방에 도입을 해야 하는……!"

"새로 도입을 하는 것도 좋지만, 아직 역병이 끝이 안 나
지 않았는가?"

"아아…… 그렇지요. 제가 너무 흥분했군요! 죄송합니다."

"아니네. 아냐. 우선은 자리부터 마련해 주시게나."

"옙! 최대한 빠르게 만들겠습니다!"

생각지도 못한 복병을 만났었지만, 어떻게든 자리는 마련
하게 된 운현이었다.

第十四章
약장수 노름

준의영은 일을 참 잘해 줬다.

하루 사이 준비해 준 것치고는 꽤 괜찮았달까.

아무래도 운현의 건강 검진에 대한 이야기로 한창 감동을 받았던 그 아닌가.

그로서는 병이 생기기 전에 잡는다는 개념이 너무도 좋았던 듯하다.

일생일대의 깨달음을 얻기라도 한 듯, 그는 잠도 자지 않고 자리를 꾸려 줬다.

환자의 치료소로 사용하던 곳 중 비워진 곳 하나를 고르고서는, 거기에 필요한 것들을 잘 가져다 놨달까.

의명 의방에 있는 운현의 진료실보다는 못하지만 누가 봐도 확실히 괜찮을 만한 곳을 만들어 냈다.

'그럴싸하군.'

덕분에 꽤 훌륭한 검진실이 만들어졌다. 임시라고 하지만, 꽤 오랫동안 써도 무방할 만한 그런 곳이 됐다.

뜻밖의 재능을 발견한 거랄까.

나중에 의방을 새로 만들거나 확장을 할 때, 준의영을 통해서 의방의 설계를 하도록 하는 게 어떨까 싶을 정도였다.

의원으로서의 경험에, 타고난 재능을 더하면 꽤 그럴싸한 게 만들어질 듯했다.

하여간 그런 건 우선 중요한 게 아니었다.

"슬슬 시작해야겠지."

운현은 아침나절부터 검진실에 나와서 여러 도구들을 한번 점검을 했다.

그러곤 준의영이 혹시 몰라 붙여준 시비를 찾아 불렀다.

처음 시비는 운현을 보고는 꽤나 긴장한 기색이 역력했다.

"부, 부르셨습니까."

"그러네."

"무슨 일이신지요……."

"흠."

준의영만 하더라도 이 황천현에서는 반쯤 떠받들게 된 지 오래였다.

비록 운현의 치료제를 썼다지만 그가 직접 역병 치료를 해 줬는데, 아니 떠받들면 그게 더 이상하지 않은가?

운현만 하더라도 토사곽란을 치료하고 신의란 이름을 처음 받지 않았던가.

당장 의명 의방에서 투입된 의원들은 그 정도의 말을 듣기는 힘든 건 사실이었다.

어쨌거나 운현의 치료제로 말미암아 치료가 된다는 건 다들 아는 사실이었으니까.

하지만 그래도 명의 소리를 듣거나, 의원 노릇을 하는 데 부족함이 있는 건 아니었다.

다들 자기 몫은 하는 의원이었다.

어쨌거나 준의영만 하더라도 반쯤 떠받듦을 받는데, 그 위에 있다고 알려진 운현이다.

민간 신앙이 아직 살아남은 곳에서는 운현을 하늘에서 내려온 신선이 아니냐고 말하는 양민들도 있다 이 말이다.

반쯤은 무식한 이야기기는 했지만, 그래도 그 이야기가 지금 시기에는 먹혀드는 이야기였다.

그러니 시비로서는 덜덜 떨릴 수밖에 없지 않겠는가.

'괜히 긴장하는군.'

그런 시비가 진정이 될 때까지 가만 틈을 들이던 운현이었다.

검진을 시작한 며칠간은, 보조를 해 줄 시비일 터이니 배려를 해 주는 거였다.

시간이 좀 지나자.

"……."

떨기만 하던 시비도 좀 잦아들었다.

운현이 그녀를 잡아먹지는(?) 않는다는 걸 깨달은 것이다.

상식을 가진 운현으로서는 말도 안 되는 소리지만, 그녀에게는 하늘만큼이나 높을 운현이었으니 어쩔 수 없는 이야기기도 했다.

하기는 생각해 보면 신의라는 이름에, 무림인이기까지 하며, 한창 명성이 드높은 운현이었으니.

어지간한 사람이면 긴장을 하는 게 당연하긴 했다.

어쨌거나 시비가 괜찮아지자. 운현이 바로 말을 건넸다.

"시작하겠다고 말을 전하게나. 비번인 사람부터 오도록 하게 하고."

"예. 꼭 그리 전하겠습니다."

천명이라도 받들 듯 시비가 바로 움직이기 시작했다.

*　　　*　　　*

가장 먼저 온 것은 송상후였다.

지금 현재 동창 무사들을 이끌고 있는 그가 가장 먼저 오게 됐다.

'할 일이 없는가.'

다른 동창 무사들은 여기 있으면서도 마주하기가 힘들었다.

근데 어째 대장이라고 하는 송상후는 자주 마주치게 된다.

동창 무사들을 통솔하는 걸 제외하고도, 동창의 무인 자체로서 해야 할 일이 있지 않겠는가?

그런데 대장쯤 되는 자가 한가하다?

뭔가 이상하기도 하고, 솔선수범이 성미에 맞는 운현으로서는 참 이해 못 할 일이기도 했다.

그래도 동창 무사들은 별 불만도 없이 잘 따르는 걸 보면, 인의든 뭐든 따로 능력이 있기는 한 듯했다.

어쨌거나 대장으로서 아랫사람을 휘어잡는 거니 말이다.

들어와서는 어색한 표정을 짓는 송상후.

일단 검진이라는 걸 설명을 듣고 욕심이 나서 온 거 같기는 한데, 아파 본 기억이 별로 없는 듯하다.

하기는 무공을 익힌 그가 잔병치레를 할 일이 뭐 있겠는가.

무공을 익히다가 다친다고 하더라도 맥을 잡히는 일보다는, 빠진 뼈를 맞추거나 추궁과혈을 받는 일이 더 많겠지.

보약을 받을 시간에 영약부터 찾을 게 무인일 테니, 그가 어색해하는 것도 일견 이해는 갔다.

분명히 지금의 그는 어찌해야 할 줄을 모른다.

"저어, 어찌하면 되겠습니까? 눕습니까?"

"일단은 앉으시지요. 맥부터 잡을 겁니다."

"아, 그렇군요."

검진이라고 하지만 반쯤은 핑계를 대고 만든 자리가 아닌가.

운현이라고 해서 많은 준비를 했을 리가 없었다.

어쨌거나 하는 시늉은 제대로 해야 했다.

실상은 기운을 읽는 거만으로도 상대의 상태 정도는 쉬이 알 수 있기는 하다.

하지만 제대로 기운을 읽어보자고 마련한 자리이니 맥부터 잡는 건 당연한 이야기일지도 몰랐다.

"여기, 있습니다."

그가 어색하게 내민 손목.

그걸 운현은 자연스레 잡는다.

그리고서는 잔뜩 진지한 표정을 지으면서 맥을 보기 시작한다.

'재밌군.'

왠지 어색해하고, 긴장하는 송상후의 모습 덕분으로 생각지도 못한 재미를 찾은 느낌이랄까.

때로 어린 환자가 오곤 하면 괜히 겁을 주곤 하는 의원처럼.

"기운을 거부하시면 안 됩니다. 아시겠지요? 자세히 살펴봐야 하니까요."

"뭐, 뭐가 안 좋습니까?"

"설마요. 우선은 살펴보는 겁니다."

괜히 겁을 줘 본다.

거기에 송상후는 반응을 척하고 해주니 재미가 없으려야 없을 수가 없는 상황이었다.

정말 아이처럼 무서워하는 게 역력하다.

사람마다 생각 외의 모습을 가지고 있기는 하다지만, 건강에 불안해하는 무인이라니!

정말 생각지도 못한 모습이다.

경험이 많은 운현으로서도 이런 자는 겪어 본 바가 없기도 했다.

일견 유약해 보이는 모습이기도 해서, 이런 사람이 동창 무사라니 참으로 신기하기도 했다.

'재밌는 사람이야.'

그래도 어디까지나 재미는 재미다.

할 일은 해야 했다. 재밌다고 놀기만 하기엔 해야 할 일이 많은 운현이다.

겉으로는 아무렇지 않은 척하면서도.

스ㅇㅇㅇㅇ.

맥을 잡은 손을 통해서 기운을 조금씩 스며들게 하는 운현이었다.

"흐음……."

처음에는 당황을 하던 송상후다.

자신의 진기가 아닌 이종의 진기가 몸 안으로 타고 들어오는 경험이 무인으로서 좋을 리가 없었다.

그러다가 이내.

"화아……."

감탄성을 내뱉는다.

운현이 사용하고 있는 선천진기가 주는 묘한 느낌을 즐기고 있는 듯했다.

그 어느 기운보다 맑으며, 치료의 기능을 가진 선천진기가 아닌가.

그러한 기운을 직접 느끼는 경우는 확실히 적을 터이니, 자신도 모르게 감탄성을 내뱉는 거다.

처음에는 잔뜩 긴장을 하더니, 감탄성 뒤에는 되려 협조적이라고 할 수 있을 정도였다.

'사람을 잘 믿는 건지 못 믿는 건지. 재밌는 사람이네.'

덕분에 그의 기운을 제대로 읽기 시작하는 운현이었다.

숨긴다고 하더라도, 어지간한 기운은 다 읽어낼 운현인데 송상후는 협조적이기까지 하지 않는가.

아주 속속들이 읽을 수 있는 상황에 운현은 자세히 기운을 읽기 시작했다.

긴장. 감탄. 협조.

짧은 시간이지만 여러 가지 모습을 보면서 송상후라는 사람 자체가 꽤 재밌다고 느낀 운현이다.

그러며 동시에 또 다른 감정으로 느낀 것은.

'강한데?'

생각 이상으로 송상후의 무위가 강하다는 거였다.

내공이 전부는 아니라지만 무려 일 갑자 이상이다.

이 갑자는 못 돼도 일 갑자는 훨씬 넘는다.

나이도 어마어마하게 많은 것은 아닌데 벌써 이 정도의 내 공이라니?

명가의 자제들이나 이런 내공을 가질 수 있는 거 아니겠는가.

운현이야 자신의 힘으로 돈을 이용해서 내공을 가져다 박아 넣은 셈이라지만, 생각 이상으로 많았다.

그야말로 후기지수나 가질 만한 내공, 어쩌면 기연이 닿아야만 얻을 수 있는 내공을 가지고 있었다.

여기에 동창 무사로서 익힌 무공이 있을 테니, 그는 결코 약하지 않을 거다.

그러니 내공의 양만으로 강하다고 한 것이다. 어느 정도 예상은 했지만 예상보다도 좀 더 강한 느낌.

'황궁 무사들은 전부 이러려나?'

황궁에 동창 무사들을 강하게 하는 어떤 비법이 있는 건지, 그도 아니면 어마어마한 영약을 쌓은 건지 궁금증이 들 정도다.

'신기하군. 우선은 더 살펴봐야겠어.'

하기는 이 궁금증은 송상후 이후에 다른 동창 무사들을 검진하다 보면 알게 될 일이었다.

다른 동창 무사와 비교를 하면 그가 특히 강한지 알 수 있다 이 말이다. 비교를 할 수 있게 될 테니까.

생각보다 조금 시간이 걸려설까.

"괘, 괜찮……."

"쉬잇!"

입을 여는 송상후의 입을 막는 운현이었다.

사실 이러지 않아도 되기는 하지만 진맥을 하는 마지막까지도 괜히 긴장감을 더 주는 운현이었다.

그렇게 차분히 이루어져 가는 검사.

감탄을 하던 송상후도 시간이 길어지니 다시 긴장을 하는 기색이 역력했다.

하여간에 동창 무사치고는 이리 감정 변화가 빨라서야, 어찌 동창에서 버텨냈는지를 모를 사람이다.

처음 연회에서 볼 때는 이런 분위기의 사람이 분명 아니었다.

알다가도 모를 게 사람이라지만 송상후는 확실히 신기했다.

어쨌거나 운현은 그걸 상관 않고 끝까지 검사를 이어나갔다.

그리고 그 결과로.

"흐음……."

꽤나 진지한 표정을 짓는 운현이었다.

그런 운현의 진지함에 송상후마저도 덩달아서 진지한 표정을 짓는다.

아마 속으로는.

'제발…… 제바알!'

제발 아무 일도 없기를 천지신명에 빌고 있지 않을까?

일각 아니 반각도 안 되는 시간 동안 맥을 볼 뿐인데도 그는 하염없이 진지했다.

되려 맥을 살피고 진단을 하고 있는 운현보다도 송상후가 더 진지할 정도였다.

그렇게 얼마나 시간이 지나갔을까.

"끝났습니다."

"이, 이걸로 끝입니까? 뭐 다른 것이라든가. 듣기로 준의영 의원이 이것저것 할 수도 있다고……."

오기 전에 사전 조사까지 한 건가.

끝났다는 말에도 이런 말이 들리는 걸 보면, 조심성 이상으로 꽤나 겁이 많은 느낌이다.

그렇다고 내공이 약한 것도 아니고, 느껴지는 맥도 강맹하기 그지없다.

'딱 하나 문제 있는 거 빼곤 뭐 없군. 그 문제도 크지도 않고.'

얼핏 기운으로 느낀 몸의 상태도 아주 좋다 못해서, 이 시대에 나이 팔십 먹어서도 정정할 느낌이다.

'잘 단련된 무인인데 말야. 자기 몸을 끔찍하게 생각하는 쪽인가.'

그런데도 이렇게까지 걱정을 다 하다니.

맥 하나 짚는 거에도 잔뜩 긴장을 하는 주제에, 다른 검사 이야기를 할 줄은 생각도 못 했다.

맥 하나에 긴장할 정도니, 아마 다른 검사까지 진행한다면 식은땀을 흘리다 못해 기절할지도 모를 위인이 이럴 줄은 상상도 못 한 운현이었다.

"괜찮습니다. 맥과 함께, 기운으로 다 살펴봤습니다."

"그런 게 되는 겁니까? 아니! 신의님을 의심하는 건 아닙니다만은!"

"됩니다. 어쩌다 가능한 일이지요."

"그럼 결과가 어떻습니까?"

은근한 표정으로 물어 오는 송상후.

전부는 아니라지만 동창의 무인으로서, 쓸 일이 없을 그곳(?)의 안위까지도 물을 기세였다.

그 진지함에.

"흐음……."

괜히 뜸을 들여 보는 운현.

속이 타는 듯, 안타까운 눈망울을 하던 송상후는.

"신의님!"

아예 대놓고 재촉까지 했다.

정말 희귀하다고밖에 할 수 없는 모습이었다.

'더 하다간 정말 죽겠군.'

검사를 받을 때는 긴장. 거기에 이어서 결과를 들을 때는 흥분이라니.

짧게 말해 긴장 뒤 흥분.

건강에 아주 안 좋은 모습이지 않은가.

이러다가 건강 검진을 하겠다고 불러 놓고서는, 되레 건강이 안 좋아지게 만들 판이다.

그 표정을 보는 게 웃기긴 하지만, 더 했다가는 상황이 좋지 못하게 흐를 판이다.

결국 별거 아닌 진실을 운현은 대뜸 던져줄 수밖에 없었다.

"아주 건강하십니다."

"예? 정말입니까!?"

놀라는 송상후. 그에 고개까지 끄덕여주는 운현.

"정말입니다. 문제는 전혀 없어 보이십니다. 다만……."

"다만이라니요. 그럼 역시 문제가 있는 게 아닙니까?"

이거 이러다가는 없던 문제도 만들어줘야 하는 게 아닌가 생각이 드는 운현이었다.

어쨌거나 이어서 말을 한다.

지금 당장 큰 문제는 아니지만, 잘못하면 큰 문제로 발전할지도 모를 걸 잡았으니까!

'그냥 둬도 될 만한 문제긴 하지.'

심각한 건 아니었다. 당시도 작은 사고라고 여길 법한 일이었을 거다.

그래도 자신의 몸을 지극히 생각하는 듯 보이는 송상후이지 않은가.

이왕이면 진맥으로 알게 된 것을 말해 주는 것도 나쁘지 않겠다 싶은 운현이었다.

동창 무사들이 좀 의심스럽기는 해도, 준의영을 포함한 의원들의 호위를 잘해 준 것도 사실이니 베푸는 호의기도 했다.

운현이 은근한 눈빛으로 말을 건넨다.

"혹시 전에 내상을 입으신 적이 있지 않습니까? 십수 년은 되신 듯한 느낌인데요."

"그걸 어찌! 한 번 있었습지요. 내상약을 먹고 바로 낫기도 했고, 큰일은 아니긴 했습니다. 그게 문제가 되는 겁니까?"

"크지는 않습니다. 다만, 건강한 몸에서 작은 흠을 찾자면…… 구미혈이 아주 미약하게 상해 있긴 하더군요."

처억.

미처 빼지 못한 운현의 손을 급작스레 잡는 송상후.

암습?

순간적으로 그리 생각이 들 정도로 빠른 모습이기는 했지만, 그에게 어떤 악의가 있어 보이지는 않았다.

암습은커녕, 초롱초롱한 눈빛으로 묻는다. 아니 애원한다.

"안 그래도 구미혈 어림에 가끔 아픈 느낌이 있었습니다."

그럴 리가. 다시 말하지만 그 정도의 문제는 아니었다.

'대단한 과장인데……'

운현이 더 말을 할 새도 없었다.

"그게 항상 새로운 경지에 걸림돌이 되는 게 아닌가 싶을 정도였지요!"

혹시 이 양반. 특유의 과장법으로 동창의 조장까지 올라온 걸까?

그 왜 있지 않나. 아부. 과장스러운 아부도 잘만 하면 먹힌다. 사실 과장법만큼이나 아부에서 먹히는 게 또 없다.

지금 구미혈의 아주 미. 세. 한 일을 가지고 과장해서 말하듯, 자신의 상사에게 잘만 아부를 떨면?

꽤 대단한 아첨꾼이 될 수 있지 않을까?

운현의 내심이야 어쨌거나 그의 말은 계속됐다.

"역시. 신의십니다. 과연 신의예요. 그걸 발견하시다뇨. 안 그래도 동창 의원들이 의심스럽긴 했습니다!"

순간 이어지는 속사포!

"같은 황궁 의원이라고 우기지만, 아무래도 내궁 의원들보다는 한 끗발 떨어지지 않겠습니까! 아, 물론 신의님을 그리 말하는 건 아닙니다! 그래도 의심이 약간!"

이대로라면 황궁 의원들에 대한 뒷담은 물론이고, 여러

다른 이야기까지 꺼내지 않을까 싶을 정도의 기세였다.

좋은 정보라면 찾아서라도 들을 생각이 있는 운현이었지만, 어디 뒷담까지 들을 필요가 있나.

"커흠……."

적당히 눈치를 줬다.

그제서야 자기의 몸에 대한 걱정에 미쳐서 속사포처럼 말을 날리던 그도 정신을 차린 건지.

"허험. 실언이었습니다. 잊어주시지요."

"걱정 마시지요."

"그나저나 이렇게 말씀을 하셨다는 건, 치료 방법도 있다는 것이겠지요!?"

하.

이걸 과연 치료 방법이라고 해야 할까.

'가능은 하다. 과연 치료를 해야 할지는 모르겠지만.'

이 정도쯤이야 신경만 쓰면 금방 치료가 가능하다.

다른 의원들이라면 모르겠으나, 무공까지 익히고 추궁과혈 정도는 쉽게 해내는 운현이 이 정도도 못 해낼 리가 없다.

의술과 무공의 작은 결합으로도 가능하다.

평소라면 이런 일을 해 주지 않겠지만.

상황을 보아하니 이대로 안 해 준다면 삐치다 못해서, 지금까지의 호감이 사라질 기세인 송상후다.

자고로 황궁에서 나온 자들은 자기 몸을 아주 금으로 안 다더니 이자도 꽤 하는(?) 자였다.

어쨌거나 호의도 호의이고, 치료를 해 놓으면.

'잘 쓸 만할지도?'

독을 이용하면, 잘 훈련된 강아지보다도 더 말을 잘 듣는 당기재만큼이나!

이 송상후라는 자도 잘 써먹을 수 있을 거 같은 느낌이었다.

당기재는 독이라면, 송상후는 건강 혹은 약 정도랄까?

그렇기에 운현의 대답은.

"물론 있지요!"

"오오!"

송상후로서는 꿈에서도 바랄 대답이었다.

송상후의 눈이 반짝반짝 빛난다.

第十五章
선결(先決)?

화아아악.

운현이 기운을 내뿜는다. 송상후는 감히 그 기운에 저항치 않았다. 그저 받아들일 뿐.

'쉽군.'

무인이라면 근본적으로 가지는 저항감이 있을 텐데도, 송상후는 그런 거 따위도 없을 정도였다.

이미 여러 번 다른 기운을 받아본 경험이라도 있는 듯 되려 기운을 더 잘 받아들였다.

덕분에 치료는 수월했다.

선천진기를 이용해서 구미혈을 한참 어루만져 주고, 자극을 주는 것만으로도.

'다 되어 간다.'

치료가 금방 이루어질 정도였다.

일 각 정도 흘러갔을까.

'끝이다.'

최대한 조심스레, 그러면서도 문제가 없도록 치료를 해낸 운현!

그가 모든 기운을 거둬내고 치료를 끝내자마자.

"흐억……."

숨을 오래 참았던 듯한 송상후의 깊은 숨이 내쉬어진다.

누가 보면 운현이 아니라, 송상후가 뭔가 했겠구나 싶을 모습이었다.

"치료가 됐습니다. 어떠신지요? 워낙 미세해서 차이가 별로 안 느껴지실 수도 있습니다."

"하하, 설마요. 아주 뛸 듯, 아니 날 수 있을 듯 가볍습니다."

그럴 리가.

혈이란 게 무인에게 있어 생명만큼이나 중요한 것이긴 하다.

그래도 혈만큼 자주 상하는 게 또 없었다.

무공을 익히다 보면 꽤 자주 상하곤 하는 게 혈이다.

초식을 익히다가 상하기도 하고, 순간적으로 잘못 기운을 운공하다가 생기기도 하는 혈의 상처다.

이게 심해지면 내상으로 취급되기도 하고. 때로는 주화입 마라고 죽음에 가까운 일이 일어나기도 한다.

그래서 대다수의 사람들은 혈이 조금만 상해도 죽는 줄 안다.

예방 차원에서 혈을 조심히 다뤄야 한다고 말해주는 게 맞기는 하다.

'정말 잘못하면 죽기는 하지.'

말 그대로 조금만 잘못해도 급사해 버리는 경우도 있으니까.

하지만 심하지 않은 경우는 알지도 못하는 새에 넘어가기도 하는 게 혈의 상처다.

운공을 돌리다 보면 상한 것도 다시 회복이 되기도 하고, 잘만 사후 처리를 하면 살아남을 수 있는 문제기도 하기 때문이다.

대다수의 무인들이 혈의 문제로 죽기도 하지만,

'가까이에 의원만 있었어도 사는 경우도 분명 있지.'

사후 처리만 잘되거나, 의원의 사후 처리가 없어도 자기가 내공을 이용해서 잘도 수복해 내는 일도 분명 있기 마련이다.

어쨌거나 혈이 중요한 건 사실이지만, 꼭 조금 상한다 해서 죽지는 않는 게 중요했다!

고로 송상후처럼 조금, 아주! 극히! 미세하게 혈이 상했었던 게 나았다고 해서 새로운 몸(?)처럼 가뿐해지는 건 아니라 이 말이다.

아무래도 정신적인 면에서.

"허허 좋군요. 정말 좋습니다!"

"……그렇습니다."

좋다고 느끼는 게 더 클 거다. 때로는 정신적인 것이 신체에 활력을 주기도 하니까.

'확 깨는군.'

어쨌거나 검진을 하기 전까지는 몰랐지만, 검진을 하고 난 후로 참으로 새로운 면모를 보게 해 주는 자였다.

"그 외에는 또 없는 겁니까."

또 어디 아픈 곳은 없는지 확인해서 이참에 같이 치료받으려는 듯 제대로 물어보는 송상후.

그런 그에게 운현은 아예 쐐기를 박기로 마음먹었다.

'잘 써먹어 봐야겠어.'

이 사람을 써먹기 위해서 크게 한 방 박기로 마음을 먹은 것이다.

"없습니다. 대신 이것은 선물입니다."

"이게 무엇인지요! 헛!"

송상후의 눈이 커진다.

*   *   *

쐐기의 효과는 컸다.

이미 언급했었지 않나. 검진이 끝나고 나서, 적당하니 영약 하나 던져주기로 마음을 먹었다고.

운현이 쐐기를 박겠다고 송상후에게 넘긴 것은 바로 영약이었다.

여러 가지 의미로 깨는 인물이기는 했지만, 어쨌거나 동창의 조장은 조장이었다.

다른 자들에게 넘길 것보다 더욱 좋은 것을 골라서 줬다.

덕분에. 그는 상상 외로 협력적으로 다가왔다.

"흠. 이왕이면 모든 동창 무사들이 검진을 받도록 진행해 보겠습니다."

"저야 좋지요."

"험험. 다른 무사들을 대표해서 감사드립니다!"

"저야말로 이참에 호위에 대한 빚을 조금이나마 갚을 수 있어서 다행이지요."

비번으로 있는 동창 무사들을 잘도 빼 줘서 보내주기 시작했다.

거기에 덤으로.

"크흠…… 가능하면 저도 다음에 한 번 더."

"많이 받는다고 좋은 건 아닙니다만은?"

"그래도 부탁을……."

"알겠습니다."

자신도 한 번은 더 받겠다고 말하는 자가 있기도 했다.

어쨌거나 나쁜 건 아니었다.

협조적인 덕분에 여러 동창 무사들을, 금방금방 검진대에
올려놓을 수가 있었다.

*   *   *

시일이 흘렀다.

동창 무사들을 상대로 검진을 하는 건 분명 차분하지만,
빠르게 이뤄졌다.

모두 송상후의 전폭적인 협력이 있는 덕분이다.

검진을 하면서 운현은 여러 가지로 재밌는 점을 느꼈다.

"……바로 합니까?"

"예."

동창 무사들이든 아니든 간에 검진이라고 하면 우선 겁부터 집어먹는 건 우선 넘어가자.

'많이 봐 왔어.'

겉으로는 대범해 보여도 막상 의원 앞에서는 작아지곤 하는 게 사람이었다. 그런 경우를 운현으로서는 전생에서도 현생에서도 여러 번 겪어 본 바가 있었다.

송상후처럼 특이한 경우는 또 처음이기는 하지만.

"커흠……."

괜스레 긴장을 하는 모습.

그러니까 일반적으로 긴장을 하는 모습 정도는 운현으로서도 그냥 넘어갈 만한 부분이었다.

그러니 동창 무사가 긴장을 하는 건 그로서도 별거 아닌 일이었다.

대신에 그가 특이하고 재밌다고 느끼는 건 다른 부분에 있었다.

'신기하고 재밌군.'

같은 무공을 익힌다고 하더라도 그 성격이 다를 수 있는 게 사람이다.

또한 체질이 다르면 어떤 이에게는 절세의 기공이, 또 어떤 이는 삼류도 못 되는 게 무공이기도 했다.

여기까지는 운현도 충분히 아는 사실이며, 실제로 의원들을 가르칠 때도 많이 감안한 부분이기도 했다.

그래서 같은 무공을 익히게 하면서도 여러 가지로 신경을 썼던 게 사실이다.

'그런데 동창은 그게 아닌 듯하단 말이지.'

황궁. 특히 동창의 무사들이 여러 무공을 익히는 건 알고 있었다.

외부적으로 정보를 염탐하려고 하다 보면 은밀한 무공을 익히기도 해야 할 거고.

일이 일이다 보니 살수들이나 익히는 암살법을 익히는 특수한 동창 무사도 분명 있을 거다.

그렇다 해도 갈래라고 하는 게 있는 법 아니겠는가.

당장 무당이라고 하면 여러 가지 무공이 있어도, 전부 비슷한 성격을 지니고 있듯이.

도가면 도가, 불가면 불가에 속한 문파만의 성격을 가지고 있듯이 동창도 어느 정도는 그럴 거라 여겼다.

실제로 겉으로 느끼는 기운만 보자면, 동창 무사들은 동창 무사들답기도 했다.

이게 무슨 말이냐고 하면 다들 기운이 비슷비슷해 보였단 말이다.

겉으로는!

그런데 맥을 잡고 직접적으로 기운을 탐지하고 보니 웬 걸?

'죄다 무공이 섞인 느낌이다. 여러 개씩 익혔어.'

황궁에서 동창 무사들을 어찌 키우는지는 몰라도, 기운들이 여러 가지로 혼재가 된 느낌의 무사들도 분명 있었다.

다들 몇몇 개의 기운이 섞인 느낌이다.

한 서너 개 정도? 그런 여러 기운이 섞여 있다.

어떤 건 영약의 기운이기도 하고, 또 어떤 건 분명 무공들의 기운이었다.

그래도 그들이 익힌 기운은 완전 잡탕은 아니었다.

무공을 잡탕으로 익혔더라면 동창의 무사들이 강할 리가 없었다.

강하지 못하다면야 동창 무사들을, 때로 난다 긴다 하는 무인들이 두려워할 이유는 전혀 없을 것이다.

잡탕이었더라면 약했을 테니까.

그러니 완전 잡탕은 아녔다. 잘 말하자면 적당히 잡탕이었달까?

몇 개의 무공을 익혀 보고서 자신에게 맞는 무공을 제대로 익히기 시작하는 느낌이었다.

덕분에 몸에 남아 있는 기운은 여러 개지만.

'그래도 중심은 따로 있었지.'

중심이 되는 무공은 각자 따로 있었다.

그리고 재밌게도, 패도적인 기운을 가진 김운을 제외하고는 대다수가 유한 듯한 기운을 가지고 있었다.

그리고 그 유한 기운을 가진 무공이 황궁 무공인지라 뭔지는 몰라도, 꽤 재밌는 성격을 지니고 있었다.

"재밌어…… 흠……."

대다수가 물에 물 타듯, 술에 술 타듯 어디든 녹아들어 갈 거 같은 기운이었다.

그러니 동창 무사들은 동시에 여러 가지 기운을 가지고 있음에도 문제가 안 생기는 듯했다.

참으로 신기한 부분이다.

"아무래도 여러 가지 기운을 융화시킬 수 있는 방법이 있는 거겠지."

기운을 융화시키는 방법.

기운에 관해서 여러 가지를 깨닫고, 연구하고 있는 운현으로서도 기운의 융합에 대해서는 생각도 못 했던 부분이다.

'조화만 생각했지……'

운현이 어려서부터 처음 익혔던 무공이 무당의 무공. 그 뒤로 얻게 된 것도 무당에서의 인연 덕분이 아니었나.

그러다 보니 자신도 모르게 기운에 대해서도 조화만 생각했던 운현이었다.

음이면 양이 따르고. 양이면 음이 따르며. 오행에 관해서
여러모로 생각을 하고, 또한 남궁가의 일을 하다 보니 천지
에 기운에 대해서도 화두를 가졌던 그였다.

그래도 융합은 생각도 못 했다.

'조합이랑은 또 다른 느낌이란 말이지.'

조화가 모든 기운이 함께하는 가운데 균형을 유지하는 느
낌이라면.

융합은 균형이 아니라 녹아들어서 하나로 합쳐지는 느낌
이었달까.

물론 동창 무사들의 기운 융합은 완전하지는 않았다.

그러니 운현에게 맥이 잡혔을 때 여러 기운이 있다는 게
걸렸겠지.

하지만 맥을 잡기 이전에는 김운을 제외하고는 다들 여러
가지의 기운을 가지고 있을 거라곤 상상도 못 했다.

그만큼 겉으로는 '융합'이 꽤 잘돼 있다는 소리였다.

어쨌거나 이 융합이라는 개념은 꽤 대단한 거였다.

처음부터 이 기운의 융합을 계산하고서 동창 무사들을 황
궁에서 키운 거였더라면?

여러 개의 무공을 익혀도 잡탕이 돼서 약해지기는커녕, 더
욱 강해질 수 있도록 계산하고 의도한 거라면?

'……대단한 자가 있다는 소리겠지.'

아마 황궁에서 처음 동창 무사들을 가르쳤던 무인.

어쩌면 동창 무사들을 위해서 무공을 만들고 가르쳤을 그 자는 상상 이상의 고수였을지도 모른다.

당장 기운을 융합시킨다는 개념만 봐도, 그자는 분명 '기운'에 관해서 대단한 이해를 가진 자였을 게 분명하다.

그러니 운현이 재미를 느낄 수밖에!

운현이 지금까지 봐오고 연구해 왔던 기운에 대한 개념과 전혀 다른 게 나왔으니, 안 재밌을 수가 없었다.

다만 문제는.

"기운은 기운이고. 도무지 찾을 수가 없군."

수확이 없다는 거였다!

운현이 검진을 한 이유가 뭐였나?

검진을 하고, 혹시나 이상한 동창 무사가 있으면 찾기 위함이었다.

시간을 들이고 애써 행동한 이유는 전부 역병의 원인에 대한 조사를 위함이었다 이 말이다.

'그 시체들이 괜한 것일 리가 없다.

그런 이상한 기운이 혼종된 시체가 괜히 있는 건 아니지 않겠는가?

지금 같은 시기에 역병에 관련이 없고서야, 그런 시체를 발견할 수 있을 리가 없었다.

거기다 동창 무사들이 하나같이 시체에 관해서 말을 하지 않은 것도 이상하지 않은가?

그래서 기운까지 애써 탐색해 가려 검진을 한 건데.

"기운의 융합에 대한 걸 빼면 뭐 수확도 없군."

동창 무사들이 일반 무인들과는 다르게 여러 무공을 익힌 다는 것.

패도적인 기운을 가진 김운이라는 무사가 특이하기는 하지만, 다른 동창 무사들과 비슷한 무공을 익혔다는 것.

뭐 그런 것들을 제외하면 이득이라고 할 만한 것도 없었다.

"어쩐다."

이곳에 오고 시일이 꽤 흐르지 않았나.

그런데도 수확이 없으니 운현으로서는 답답해질 수밖에 없는 상황이었다.

거기다 일행들도 매일같이 만나기는 해도.

"뭐 좀 알아낸 거 있으십니까?"

"……당장은 없어요."

"후우. 아직은 없다. 아무리 외곽을 뒤져도 별다를 게 없어. 이상한 사체를 한 번 발견하긴 했는데."

"사체요?"

"그래. 여기 당 대협하고 함께 가 봐도 뭐 없더구나. 그 검은 기운이랑은 묘하게 또 달랐다."

"흐음……."

별다를 성과라고 할 만한 게 없었다.

명학이 움막에서 봤다는 사체가 좀 걸리기는 했지만, 그 뿐.

무언가 어마어마한 관련이 있다고 보기에는 움막에 있던 시체는 분명 썩어 갔다고 했다.

그래서 성과가 없다고 본 거였다.

그들이 찾는 건 썩지 않는 시체에 대한 단서이지, 썩은 것에 대한 단서는 아니니까.

*　　　*　　　*

그렇게 시일이 계속 흘러가기만 했다.

얼마 전 동창 무사들에 대한 검진도 끝났을 정도였다. 동창 무사가 많은 것도 아니니 금방 끝날 수밖에 없었다.

그래도 포기는 못해서 계속적으로 자리를 마련한다. 회의라도 하면 뭐라도 나올까 싶어서다.

그럼에도 성과가 없는 상태.

"이거 참…… 없군 없어."

한참 동창 무사들의 동태를 나름 살펴본다고 했던 당기재가, 두 손 두 발을 들 정도였다.

　뭐 하나 성과라도 있으면 모르겠는데 나오는 게 없었다.

　이쯤이면 포기할 법도 할 만한 상황. 하지만 역병만큼 또 중한 문제도 없기에 포기를 할 수도 없었다.

　"새로운 무언가를 조사해야 하려나요."

　"흐음. 그것도 문제로군요."

　이쯤 되면 새로운 조사 방식을 찾아야 하는 게 아닌가 싶을 정도.

　성과가 없다는 것에 대한 묘한 침묵이 이어진다.

　그러던 중 가만 있던 남궁미가, 조심스레 이야기를 꺼낸다.

　조사를 한다고는 했지만, 이상하게 생각지 못했던 부분을 그녀가 짚어낸다.

　"근데요. 동창 무사들이, 아니 동창 무사들이 아니라 다른 누군가가 시체를 숨겼다고 쳐요. 의원들 몰래요."

　"흐음?"

　"그럼 그 사체들은 어떻게 했을까요?"

　핵심은 멀지 않은 곳에 있을지도 몰랐다.

〈다음 권에 계속〉

南宮匠人

남궁
장인

신현재 신무협 장편소설

ORIENTAL FANTASY STORY & ADVENTURE

죽은 줄 알았는데 눈을 떠 보니 5살 어린아이가 되었다!
검을 만드는 장인으로서, 남궁가의 무인으로서
남궁의 검을 다시 세우는 남궁혁의 강호종횡기!

dream
books
드림북스

마왕

요도 김남재 신무협 장편소설

ORIENTAL FANTASY STORY & ADVENTURE

『지옥왕』, 『요마전설』의 작개!

요도 김남재 신무협 장편소설

천하를 통일한 마교의 대공자 혁련휘.
오랜 세월 동안 행방불명되어 죽은 줄만 알았던 그가
동생의 복수를 위해 강호 무림에 칼을 겨눈다!

drean
books
드림북